銭の戦争

第八巻 欧州《ヨーロッパ》の金鉱

波多野 聖

ハルキ文庫

角川春樹事務所

目次

第七巻までのあらすじ

日露戦争が始まった明治三十七（一九〇四）年、十二歳にして投機家としての才能を開花させた享介は、一高・東京帝大と進学し相場師としての道を歩み始める。だが、父親に勘当を言い渡され、京都の禅寺に養子に入り〝実王寺狂介〟と名を変えた。その後、商売の本場・大阪で野村證券の創業者・野村徳七、公会堂将軍・岩本栄之助らと出会い、相場で次々と成功を収める狂介だったが、彼の前に思わぬ闇の伏兵・守秋順造がしのび寄る。

時代は大正となり一九一四年夏、世界大戦が幕を開けた。戦争相場は〝買い〟だと覚悟を決めた狂介は、日本郵船株を巡る人生最大の勝負をし、岩本栄之助を自殺へ追い込んだ。さらに、世界大戦で米国相場は大きくなると予想した狂介は、悠子と福助を連れてニューヨークへ向かい、のちに最大の敵となる米国を操る怪物・ホルムズと出会う。一方、狂介不在の日本で、結城次郎率いる闇の組織は日本郵船株を巡るさらなる大混乱を仕掛けようと準備を整えていた。元奇兵隊隊長・赤根早人は結城の正体を探る途上で消息を絶った。赤根を慕うアンナは、彼を助けるために化石盤の謎に挑む。だが、赤根は生前のラスプーチンから洗脳を受け、ウスシーロフと共にある計画のために暗躍していた。世界同時多発の大混乱の予兆——真の相場師・狂介の新たなる戦いの火蓋が切られた！

銭の戦争

第八巻　欧州《ヨーロッパ》の金鉱

〈主な登場人物〉

実王寺狂介（井深享介）　一八八八年生まれ。一高、東京帝大を出て、相場師となる。
井深雄之介　狂介（享介）の父。三井銀行を経て、数寄者の道を歩む。
寺田昇平　狂介（享介）の仲買店「寺田商店（丸鐘）」の社長。
九鬼周造　哲学者。狂介（享介）の小学生〜大学生の同級生。
福助　狂介（享介）の恋人、吉原仲之町の人気芸妓。
井深悠子　狂介（享介）の妹。女子英学塾（後の津田塾大学）卒の才媛。
エリセーエフ　悠子の元恋人。
赤根早人　伊藤博文が率いていた奇兵隊の隊長。
　ロシア宮廷を操る怪僧・ラスプーチンに洗脳され捕えられる。
結城次郎　闇組織の首領。
守秋順造　闇組織の一員。
天一坊（松谷元三郎）　内国通運株で狂介に大敗した北浜の相場師。
ウスシーロフ　ラスプーチンの後継者、ロシアの闇の使徒。
アンナ・シューリヒト　ウィーン自然史博物館に勤務する女性。心に病を持つ。
　赤根に恋心を抱いている。
カール・ユング　アンナを治療する精神分析医。
バーナード・ホルムズ　米国の闇の支配者。

第一話　ヨーロッパの黒い霧

一九一九年になった。

年が明けると実王寺狂介《じつおうじきようすけ》は福助《ふくすけ》を連れてニューヨークから大西洋を渡り、ロンドンに滞在した。

世界大戦の戦勝国、大英帝国の首都は光り輝いていた。

宿泊先のサボイ・ホテルは宮殿のようで、部屋の窓から見える広大なハイド・パークの芝は青々としている。

繁華街のピカデリー・サーカスやボンド・ストリートを歩く人々も自信に満ちた風だ。

大英帝国の豊かな伝統と共に、世界大戦での勝利で身につけたプライドを感じさせるのだった。

だが狂介は一刻も早くドイツに行き、そこで何が起こっているのかを見たかった。

大国が戦争で敗れるということ……西欧文明の一つの中心である国家の敗戦ということがどんなことなのか、歴史の中にいて今しか見られないものを見ておきたいと、狂介は強く思うのだった。

「世界は変わる。これから途轍《とてつ》もない速さで変わる筈《はず》だ。それがどうなるのかを見極めるには敗戦国ドイツの今を知らなくてはいけない。そして、あの男に勝つためにも、この目で歴史の最前線を見ておかなくては……」

アメリカ合衆国のキングメーカー、バーナード・ホルムズのことだ。

米国の影の支配者であるホルムズにどのように勝負を挑み、どのように勝つか。

今やそれが、天才・狂介を魅了する唯一の目的となっている。

「大戦後の世界で米国は最大の経済・軍事大国となる。その米国を支配しているということは世界を支配できるということだ。それが可能な男が……ここから何をやる？」

狂介はそれを知るために必要なのが世界情勢をその枠組みから理解することだと思っている。まさに正攻法だ。

自分の目で世界の動きを見て、世界の空気を吸い、世界の鼓動を把握することがまず必要だと強く思っている。

それは相場を支配する『気』を知るのと同じだ。

そこに相場師、実王寺狂介らしさがある。

狂介自身、世界の動きと呼応するように新しくなりつつあった。

それはニューヨークという場所で相場を張ることで始まった変化だった。日本では感じることのできない国際世界の持つダイナミズムが狂介を変えていたのだ。

「ドイツでは……大変でした」

ロンドンにある鈴木商店の応接室で狂介は、播磨《はりま》総一《そういち》から欧州情勢の詳しい説明を受けていた。

世界大戦中に日本最大の商社となった鈴木商店。

その情報網は今や大英帝国陸軍参謀本部より充実していると言われている。

総一は米国での実地調査の途中、世界大戦終結の報を受けて急遽《きゅうきょ》ロンドンに戻っていた。

神戸本社の金子《かねこ》直吉《なおきち》から「欧州情勢の詳細、至急総力挙げ収集されたし」との指令が入ったからだ。

欧州に戻った総一は駆け足で各国を回り、ちょうどベルリンからロンドンに戻ったところだった。

「ロシアの最後もこうだったのかと思いました。革命という言葉に扇動された労働者たちと、旧軍隊の将校たちで編成された義勇兵との戦いを……この目で見たのです」

そう言ってベルリンの光景を伝えた。

「生まれて初めて見た戦闘です。泊まっていたホテル、『カイザーホーフ』の部屋から目撃したんです。赤旗を振りかざしたトラックが何台もやってきたかと思うと……広い街路があっという間に見渡す限りの群集で埋め尽くされて、真っ黒になりました。プラカードが沢山掲げられていて、『労働者の敵をやっつけろ！』『空腹だ！』『平和、自由、パン』などと書かれています。そうしているうち突然、パッと閃光《せんこう》が轟音《ごうおん》と共に上がりました。手榴弾《しゅりゅうだん》が破裂したんです。それに続いて嵐《あらし》のようなライフルの射撃音が響いて、そこからは……地獄絵図でした。暴徒と化した人々が渦巻きのようになって逃げまどう中、踏みつぶされている者や押し倒される者の姿が沢山あって……それはもう、無残なものでした」

総一は何ともいえない表情になった。

「あれだけ集まっていた群集が蜘蛛《くも》の子を散らすようにして、数分で嘘《うそ》のように消えてしまったのです。夜になってから、中心街であるヴィルヘルム街に出てみると、外灯の下に死体が幾つも放置されたままでした」

興奮と倦怠《けんたい》が入り混じった様子で総一はそう一気に語った。

ドイツで共産主義による革命は成立しなかった。

政府軍が労働者の武装蜂起《ほうき》を完全に鎮圧し、扇動した指導者たちは全員殺されていた。

「欧州大陸では憂鬱《ゆううつ》な冬が続いて……何週間も晴れを見ない気がしました。例のスペイン風邪が流行《はや》っていて、ベルリンでもたった一日で千七百人以上が死んだと聞かされました。大勢の人間が手を替え品を替えて殺されていく……世界を陰鬱で巨大な冬が支配している。そんな風に感じましたね」

総一の話を顔色一つ変えず、ずっと聞いていた狂介がそこで口を開いた。

「播磨さんはこれから先、欧州がどうなるとお考えですか？　政治や経済はどうなると？」

総一は暫《しばら》く考えてから言った。

「人類が世界大戦という歴史上最大の規模の殺し合いをやった後に何がやって来るか、ですね。やはり大きな反省に立って、政治的には恒久的平和を目指す動きになるでしょう」

それは自分自身に言い聞かせ納得させようとしているかのようだった。

「なるほど、一度でも本当の殺し合い、本物の死体を見て衝撃を受けると、人間はこうなるのか……」

狂介は総一の言葉を聞いて思っていた。

「だが……戦争を本当に動かしている人間は生の戦争の姿は見ていない。机を前に報告される数字だけを見て全《すべ》てを決定している。政治と戦争は完全に切り離されている。戦争は戦争の論理ではなく政治の論理で動き、その政治を動かしているのが……経済だ。『戦争経済』という途轍もない甘美を享受した戦勝国は麻薬に手を染めたようなものだ。表向きは〝戦争への反省〟や〝恒久的平和〟といった言葉に従うような動きにはなるだろう。しかし、裏では全く逆の動きになる筈だ。『戦争経済』を創《つく》り出した産業が政治を動かす世界がこれからやって来る。つまり、あのバーナード・ホルムズの世界がさらに大きくなっていくということか？」

冷静にそう考えながら狂介は改めて相場とは何かと思った。

「産業が、『戦争経済』が支配していく中で相場とは何だ？」

狂介が難しい顔になったので総一は訊《たず》ねた。

「どうされました？　何か気になることでも？」

狂介はそこで気を取り直したようになって訊ねた。

「播磨さん。戦後復興という形での経済の活性化はどうお考えですか？　実際に欧州大陸ではもうその動きは出ていますか？」

総一はニヤリと笑った。

その顔からはセンチメンタルな表情が消え、冷徹な商社マンのそれになっていた。

「鈴木商店の番頭、金子直吉が最も力を入れて調べろと言ってきたのが、そこです。〝復興景気〟があるのかどうか。それは〝戦争景気〟と比べてどうなのか。その把握に自分たちの生き死にが掛っていると……」

狂介は頷《うなず》いた。

「それで播磨さんが実際にご覧になって来られていかがでした？」

そこからの総一は活力を得たようになって話し出した。

「私は金子への報告書の表題に『復興景気へ備えよ‼』と書いて送りました。檄文《げきぶん》が好きな金子を喜ばせる意味もありましたが……実際かなりの需要が広範囲に見込めると思います」

　狂介は続けて訊ねた。

「それは息の長いものになるでしょうか？」

　総一は大きく頷いてから言った。

「今回の世界大戦は様々な産業に急速な発展をもたらしました。我々はそれを細かい物の流れで把握しています。戦争という軍需は重工業、化学、医薬という製造分野を飛躍的に発展させただけでなく、流通や販売のあり方も効率的なものに変えました。あらゆる産業が質・量ともに短期間で強烈な変化をしたということです。それらは戦争が終わったことからも、さらに変化を続ける筈です」

「いったん動き出した変化という流れは止まらないと？」

「その通りです。こちらの言葉でいうところの〝ドミノ倒し〟のように様々なものへ波及していくということです。〝復興〟は大きな需要には違いありませんが、核は〝変化〟です。これは間違いありませんね」

　狂介はさすが総一だと思った。

　そして、自分はその変化の速さの先を行かなくてはならないと考えている。

　総一は少し興奮して続けた。

「欧州を回る前にアメリカを回っておいて本当に良かったと思いますね。あの国はここからとんでもなく成長する筈です」

狂介は「ほう」という表情になって訊ねた。

「世界の変化をアメリカは先取りしますか？」

総一は大きく頷いた。

「アメリカ人の進取の気性は世界一だと思います。そして変化を何も恐れないし何より銭が好きだ。そこがあの国の凄《すご》いところです」

そこで狂介は冷たい笑顔になって言った。

「その国が……ひとりの男に支配されているとすればどうなると思いますか？　アメリカは？　世界は？」

総一はその狂介の言葉に不意を突かれたようになって呟《つぶや》いた。

「そうでしたね……私もマダムＢの館《メゾン》であの男とすれ違った時、途轍もない気を感じてぞっとしました。あれは人間ではない。バーナード・ホルムズという男は……」

◇

ニューヨーク、セントラルパーク・ウエストにあるドラコニア・マンション。

マンハッタンにある居住用建物の中でも豪奢《ごうしゃ》さで頭抜けて秀でている。ルネッサンス様式の建物のファサードには黒曜石で出来た神獣の彫刻が嵌《は》め込まれ、道行く人々を睥睨《へいげい》すると共にそこに住まう富める者たちの自尊心をくすぐった。

その一角を占めるマダムBの館《メゾン》。

マンションの住人達は特別な社交倶楽部《クラブ》と信じているが、米国一の高級娼館《しょうかん》であるそこは、夜ごと選ばれた男たちだけが集まり、その欲望を満たす場所だった。

館の娼婦たちは皆、個性豊かだが容姿端麗で気品を備えている。

そして、頭の回転が速く閨房術《けいぼうじゅつ》に長《た》けているために、客たちは皆、真に最高の女とはどのようなものなのかを知ることが出来た。

女たちと過ごすには破格の金がかかるが、誰もがそれまで味わったことのない満足を覚えて館の虜《とりこ》となる。

そんな女たちを見つけ最高の娼婦に仕立て上げるのが、マダムBことブルネット・ベティだ。

伝説的なコールガールから米国一の娼館の主《あるじ》にまで上りつめたベティには商才と共に人を見抜く才能が備わっていた。

「女は誰でも娼婦になることが出来る」

それがベティの考えの基本だった。

ベティは娼婦たちを『私の娘』と呼んだ。

ベティは様々なルートで『娘』を見つけるが、街を歩いていて気楽な感じで声を掛けることもある。

『娘』には、ブロードウェイで役者やダンサーを目指していた者がいるかと思えば現役の大学生もいた。

ベティは『娘』を見つける時、顔では目と口元を見る。

目の表情で賢さを、口元でだらしない性格かどうかを、見極めることが出来た。

そして、次に身体《からだ》つきで及第点をつけると最後に女たちの声を確かめた。それが本当に良い娼婦になれるかどうかを決めるからだ。

魅力的な声かどうか……。

声でベティは女たちの閨《ねや》での表情やしぐさを読み取った。それが男たちを虜にするものであるかどうかを、だ。

そうしてスカウトした女をベティは徹底的に仕込んで『娘』に仕立て上げる。

女が本能的に持つ性の部分を掘り起こし磨きをかけて開発していく。

「女には……果てがない」

ベティは女たちを指導しながらいつもそう思った。そこで女たちに制御の仕方を学ばせなくてはいけない。それが最も大事なことだった。

そのためにベティは常にイメージを持つことを教えた。

自分の相手の男がどうすれば最高の快楽を得ることが出来るか。

それを様々な男をイメージしながら考えることを説いた。

それが女の制御に繋《つな》がるからだ。

想像力こそが男を喜ばせる最高の能力だとベティは思っている。

女たちにその想像力を持たせるのが最も難しいことだった。

そんな中、ベティが驚くほどの能力を発揮する女がいた。それがナンシーだった。

「ナンシーは男の『夢の女』になる」

ベティは最大限の賛辞をナンシーに対して持っている。

見た目は取り立てて目立つところのない女性だった。

ベティがスカウトした当時は銀行でタイピストをしていた。

そのナンシーを教育していく裡《うち》にベティは驚愕《きょうがく》した。

ナンシーは男の記憶にある初恋の相手にも、理想の妻や愛人にも、そして憧《あこが》れの教師や優しい母にもなれる女性だったのだ。

客の上着を脱がせる時にはその客がどんな女を夢見ているかを見抜いた。

「金鉱を掘り当てた！」

ベティはそう思った。

そして、ベティは特別な客にだけナンシーをあてがった。

その客のひとりがバーナード・ホルムズだった。

ホルムズは世界大戦の終結を機にワシントンでの仕事を離れ、ウォール街に戻ることになっていた。

その直前、ホルムズは戦勝国による戦後処理の会合のために欧州に向かう準備中のウィルソン大統領と話していた。

「君が欧州でやるべきことをもう一度確認しておく。ウィルソン君、君が歴史に名を残す合衆国大統領となるためにすべきことを……」

ホルムズはいつものように柔和な表情の裡にも強い調子で大統領に言った。

「人類の恒久的平和を目指す国際平和機構の米国主導での創設。それが実現できれば……間違いなく私の名は永遠に残る。必ず実現して見せますよ、ホルムズさん」

ウィルソンは勇んでそう言った。

ホルムズはウィルソンに戦争中、十四ヶ条の平和原則なるものを作らせ発表させていた。

そこには民族自決や国際平和機構の創設が盛り込まれている。

「あぁ、その調子で頼んだよ。ただ忘れないでくれ。これは『人類の恒久的平和』の名の下に大規模な戦争を行い易《やす》くするための国際組織だ。その恩恵を合衆国が最大限に受けて我々の繁栄が永久に続くためのね」

ウィルソンは頷いた。

「誰もそんな真の目的を見抜けやしません。提案の本当の狙《ねら》いが全く逆だということなど想像もしないでしょう。ところでこの組織にどんな名前をつければ良いでしょうか？　十四ヶ条で出した国際平和機構のままで宜《よろ》しいですか？」

ホルムズはそれを聞いて難しい顔をした。

「名前は大事だよ、ウィルソン君。平和という言葉を一旦《いったん》つけると何かと縛られかねない。『人類の恒久的平和を目指す』のはあくまでも表向きのこと。名前にそれを入れてしまうとまずいな。平和は除いて……国際連盟とでもするのが良いだろう。そうすると民族自決というこれまた耳触りの良いスローガンもその名に包含されるだろう？」

ウィルソンは笑顔になった。

「そうでした。民族自決……そのことを忘れていました」

「頼むよ。君は歴史上初めて民族が自決すべきだと主張する世界のリーダーとして尊敬を集めるのだからね」

ウィルソンは頷いた。

「それにしても何もかもが逆説で出来ているのですね。民族自決という人類の普遍的目標と思える主張が更なる混乱を創り出し、それがまた世界規模の戦争を引き起こす。それを主導するのが『恒久的平和を目指す』として創設される国際連盟……誰もそんな逆説には気がつかない。しかし、現実の世界は全て耳触りの良いものの逆になっていく」

ホルムズは満足そうに頷いて言った。

「この世の誰もがそのことに気がつかないのには、ほとほと呆《あき》れるね。でもその愚かさのお陰で我々は永久に富を得ることが出来るし、合衆国はこれから世界を支配することが出来る。軍産複合体というこれから私が完成させる存在を後ろ盾としてね」

そう言って背広の内ポケットから葉巻を取り出した。するといつものように大統領がすかさずライターの火を差し出す。

「それからドイツへの賠償金の要求。これはしっかりと頼んだよ。絶対に妥協せずにドイツの身ぐるみを剝《は》ぎ続けるんだ。あの熱くなりやすい民族を徹底的に抑圧する。そうすると欧州の圧力は高まり次の世界大戦がやり易くなる」

それを聞いてウィルソンは意外だという表情をした。

「ドイツを弱体化するための賠償金だと思いましたが、そうではないのですか？」

ホルムズは小さく頭を振りながら言った。

「まず、ドイツの植民地を民族自決の名の下に奪う。すると、ドイツ民族は怒りと屈辱で途轍もない圧力を蓄える。そして次に賠償金であの民族が困窮すれば何が起こるか……簡単なことだよ。強力な民族意識を持つものほど圧力に対する反作用の力は物理的に強くなる。賠償金という圧力は必ずドイツを強くする。そして次の戦争もまたドイツが主役となる」

ウィルソンは目を見開き生唾《なまつば》を飲みこんだ。

「ほ、本当にそんなことになるのでしょうか？　民族という意味ではユダヤ民族もここから台頭してくるということですか？」

ホルムズは何ともいえない笑顔になった。

「あぁそうだよ。ユダヤ民族ほど富の力を持つ民族はいない。これからそれが表だって力を発揮しようとする。シオニズム運動はここからの世界の大波乱要素になる。これを利用しない手はないよ。ウィルソン君」

ウィルソンはゾッとした。

「あ、あなた自身、ユダヤ人ですよね？　あなたはユダヤ民族の繁栄やユダヤの国づくりに賛成ではないのですか？」

ホルムズは冷たい表情になった。

「民族？　そんなものは呪《まじな》いのようなものだ。信じれば力にもなるし味方も出来る。しかし、それは同時に敵も作る。私は民族や歴史などには全く興味はないね。むしろ忌避している。それよりも現実だよ。君と僕が世界を支配している現実。そちらの方がずっと面白いしダイナミックじゃないか。そうだろう？　第二十八代アメリカ合衆国大統領、ウッドロウ・ウィルソン君」

ウィルソンは改めてホルムズの恐ろしさを腹の底から感じていた。

だが、そのホルムズにままならない人間がいた。

それがナンシーだった。

◇

「ナンシー、またお電話、どうする？」

マダムBの館、そのグランドフロアーに置かれたカウチに手持無沙汰《ぶさた》で座っているナンシーにマダムBことベティが声をかけた。

「風邪で臥《ふ》せっていると言って下さらない？」

そう言うナンシーにベティは笑った。

「今日はお相手して差し上げなさいよ。相手は合衆国一の大物なんだから……」

ナンシーはホルムズからの予約の電話に昨日も一昨日も居留守を使っていた。

「いいのよ、マダム。あの坊やは甘やかしちゃだめなの」

そう言ってマニキュアの乾き具合を平然と眺めている。

ボーイッシュな短めの黒い髪と利発さを示す切れ長の目、瞳《ひとみ》は翡翠《ひすい》色をしている。
横顔は小学校の女教師のようだ。
「分かったわ。あなたにかかったらどんな男も赤子同然ね」
ナンシーは不思議な女だった。
単に焦《じ》らすテクニックとは違う天才的な男の操縦術を備えている。
どこに心があるのか……百戦錬磨のベティでさえ分からなかった。
銀行でタイピストをしていたこと以外、ベティは過去を知らないし詮索《せんさく》はしない。
どんな親の元でどんな境遇で育ったのかも分からない。
しかし、天才とは突然その存在を現すものだ。
「似ている……あの人と」
ベティがそう思うのは狂介だった。
二人とも底の知れない闇《やみ》のようなものを心の奥底に持っているとベティは思っている。
実際、狂介とナンシーは仲が良かった。連れ立って二人だけの食事に出ることもある。
だが決して男と女の関係にならない。
幼なじみか兄妹、或《ある》いは老夫婦のようなのだ。
「俺は年をとって引退したら、アメリカの片田舎でナンシーを婆《ばあ》やにして暮らすよ」
狂介は冗談めかしてベティに言うが、それは狂介の本音に思えた。

「二人とも別の世界に住んでいる。それが分かっているから……お互い自然でいられるんだわ」

狂介とナンシーには男と女を超えた信頼関係があった。

ベティはそれを二人が共通の闇を抱えているからと理解していた。

二人は共に虚無を備えている。

感情のない冷徹な心によって天才を発揮させる生き物同士だった。

狂介は相場の世界の天才であり、ナンシーは女を売る世界の天才だ。

ナンシーは初めて狂介と会った時に直感した。

「私を理解出来る人だ」

狂介もナンシーに思った。

「俺と似ている」

虚無を抱える者だけの奇妙な友情がその瞬間に生まれた。

そんな二人に共通の存在、それがバーナード・ホルムズだった。

ホルムズも闇を持つ人間だ。

狂介に生まれて初めて恐れを感じさせた存在でもある。

ホルムズは狂介とは別の闇を持っていた。

それは、何もかもを呑《の》み込んでしまう闇だ。

米国を支配し世界を支配する力への意志、それが闇から出ている。

その力への意志は狂介に理解は出来ても共感の出来るものではない。

しかし、あまりにも大きく強いその意志は狂介をもたじろがせる。

相場の世界を外側の枠組みから支配してしまう男に、狂介は畏敬の念も覚えていた。

その全貌《ぜんぼう》を知るのは一筋縄ではいかない。しかし、〝敵を知り己を知れば百戦危うからず〟の孫子の教えを狂介は常に守っている。

「ホルムズを攻略する鍵はナンシーが握っている」

狂介はホルムズの馴染《なじ》みとなったナンシーに自分の立場と考えを正直に伝えた。

「喜んであなたの探偵になってあげる」

「礼は弾むよ」

「そうね。仕事としての方がいいわ」

それだけの会話で全てが了解された。

虚無を抱える者同士とはそういうものだと、狂介もナンシーも納得している。

マダムBの館の扉が執事姿の黒服によって大きく開かれた。

真紅の薔薇《ばら》の花束を抱えた大きな男がグランドフロアーに入って来た。

バーナード・ホルムズだった。

「あら、ホルムズさま。おいで頂いて光栄でございますわ」

マダムBことベティは落ち着き払った態度で恭《うやうや》しくそう言って頭を下げた。

「ナンシーが臥せっていると聞いて……見舞いを持って参上しただけだ。直《す》ぐに失礼する」

ホルムズはニコリともせずにそう言った。

「これだけの薔薇を見たら、たちまち元気になりますわ。今呼んで参ります」

そう言ってベティがナンシーの部屋へ向かおうとするとホルムズがすかさず声をかけた。

「いいんだ、マダム。渡してくれるだけで」

ホルムズは花束をマントルピースの上に置くと、そそくさと帰っていった。

暫《しばら》くしてナンシーが降りて来た。

「ほうら、豪華なベルベットのような薔薇……中にお手紙も入っているわよ」

そう言ってベティは花束をナンシーに手渡した。

ナンシーは花束を小間使いに手渡すと中に入っていた封筒を取り出して開けた。

文面を読んで小さく微笑《ほほえ》み、封筒の中を改めると紙片を取り出した。

金額が空欄のホルムズの署名済の小切手だった。

それをベティに見せてナンシーは言った。

「お見舞いですって……百万ドルって記入しましょうか、マダム？」

それにはベティも笑った。

「本当にあなたにご執心ねぇ……どう？　女冥利《みようり》に尽きるんではなくて？」

ナンシーはベティの言葉に表情を変えず、何も答えずに小間使いにペンを取ってくるように言った。

そして、ペンを手にすると、さらさらと小切手に金額を記入した。

「幾らって書いたの？」

ベティが訊ねた。

ナンシーは小切手をベティに手渡した。

それを見てベティは吹き出し、訊ねた。

「どういう意味なの？　これだとホルムズさんは困るんじゃない？」

ナンシーはニコリともしないで答えた。

「お礼のお手紙を差し上げなくてはならないでしょう？　その切手代よ」

小切手には5セントと記入されていた。

「バーナード・ホルムズ署名の小切手に5セントの金額……受け取った銀行は偽物だと思うわね。百万ドルの方が現実味があるわ」

ベティはそう言った。

ナンシーはベティの言葉に氷のような表情で呟くように言った。

「百万ドル……いつかその何倍も、いえ、何十倍もあの男から頂くわ。マダム、ＪＫに今日のことも伝えておいて下さいね」

ＪＫ、実王寺《J》狂介《K》のことだ。

ナンシーはホルムズとの接触で得たことは、全てベティを通じて狂介に知らせるようにしている。

ホルムズとの会話や房事の一部始終までをベティに伝え、それが洩《も》らさず狂介に伝わっていた。

ナンシーの報告は、抜群の記憶力と卓越した整理力を駆使する優秀な軍事探偵のレベルだと狂介は感心していた。

「男の本質を知るにはベッドの中でのあり様を知るのが一番だよ」

そう言う狂介にベティは訊ねた。

「それでその男が何をしようとするのかが分かるの？」

「いや、それは簡単には分からない。しかし、その男を真にイメージできるようになる。相場をイメージするように人間をイメージする。その人間の本質をイメージするんだ。だがそれは人間の形をしていない」

俄《にわ》かにはベティに理解できることではなかった。

「だから何を話したかよりも、どんな時にどんな反応を見せたかが大事なんだ。例えば水をいつ欲しがるか、いつウトウトするか……とかね」

「それで一体どんなイメージが出来上がるの？　人間の形ではないとあなたは言うけれど、それじゃあどんな形をしているの？」

ベティは狂介との会話を思い出していた。

その時だった。

突然、ナンシーが小切手をひらひらさせながら呟いた。

「あの男、スクルージに似ているの……」

それはホルムズのことだ。

「スクルージってディケンズの『クリスマスキャロル』に出てくる強欲の老人？　それなら分かるわ」

ベティがそう言うとナンシーが首を振った。

「確かに『クリスマスキャロル』のスクルージだけど……そうじゃないの。子供の頃、私の家にあった操り人形のスクルージ、あれにそっくりなの」

それはナンシーが持ったホルムズのイメージだった。

「操り人形……ホルムズが？」

ベティの言葉にナンシーが頷いた。

◇

狂介は春になってからロンドンを発《た》って欧州大陸に入った。

鈴木商店ロンドン支店の播磨総一の協力を得て狂介は欧州分析にたっぷりと時間を掛け、予想以上の成果を上げていた。

それほど鈴木商店のビジネス網が広く深い情報収集能力を持っていたということだ。

「物の流れを細かく丁寧に追うこと、その当たり前のことから見えるものの大事さが改めて分かったな。これで、経済と相場の近未来はほぼ見えた……」

狂介は極めて慎重に行動していた。

空前の怪物、バーナード・ホルムズに勝つためにはホルムズより先にそして正確に世界の動きを見極める必要がある。

「それでも奴の方が有利だ。これから世界を動かすのはアメリカだ。そのアメリカをあの男は動かすことが出来るのだから……」

ロンドンで分析を終えた狂介は、自分の目で欧州大陸を見て回るという次の段階に入ったのだった。

福助を連れてフランスに渡り、パリの最高級ホテルであるオテル・リッツに滞在した。

「ニューヨークからロンドンに入った時は天気はずっとどんより、何もかも陰気で嫌だったけど、だんだんその街の良さが分かっていった。だけど、パリって街は最初っからキラキラしてんのね」

福助はそう言ってはしゃいだ。

狂介も初めてのパリに少なからず心が浮き立つのを感じていた。

「花の巴里《パリ》と呼ばれるのが分かる。世界大戦を経て国境を越える人間の数が加速して増える中、フランスはパリを訪れた外国人たちを魅了していく。国力は政治力・経済力・軍事力だけで出来ているのではなく文化力もあることをこの国は教えてくれる。パリという街、洗練された美や芸術と共に自由と猥雑《わいざつ》さを兼ね備えたこの街……その意味で最強の武器だ」

それを狂介に強く教えたのは料理だった。

オテル・リッツ内のレストランで食べたフランス料理は、狂介がこれまで食べてきた西洋料理なるものとは〝似て非なる〟ものであることを、完膚《かんぷ》なきまでに思い知らされるものだったからだ。

「美食とは、こういうことか……」

狂介は一口ごとに溜息《ためいき》をついた。

狂介はブルターニュ風舌ビラメと牛ヒレ肉のローストを、福助はグラ・ドゥーブル（ハチノス）のリヨン風とヤマウズラのキャベツ添えを注文していた。

料理の質の高さもさることながら、上質のワインとのアンサンブル、そして、店内のインテリアや給仕する人間の洗練された態度、それら全てが揃《そろ》ってこその美食という事実を初めて分からされたのだ。

ロンドンでは紅茶以外に旨《うま》い物がなかったこともあって、福助もあまりの美味に目を輝かせながら無言になって食べ進んでいた。

狂介たちのテーブルのスピードにギャルソンたちが慌てて厨房《ちゅうぼう》に走っていく。

ルイ王朝時代、国王が諸侯を懐柔するために行ったパリでの接待、そんな政治的武器として発展したのがフランス料理だというのが嫌というほど理解される。

「あたいは狂さまに色んな贅沢《ぜいたく》さして貰《もら》ってきたけど、今日という今日こそ最高の贅沢だわ！」

デザートのリンゴのシャルロット・ヴァニラ添えとイチゴのジュレを食べ終えた福助は蕩《とろ》けたような表情でそう言った。

狂介は考えた。

「贅沢……それを現実に与えるモノと場所を文化として育むフランス。その力は侮れない。人間が銭を求める目的のひとつが贅沢だ。贅沢への夢が銭を求めさせる。人間に贅沢をもたらす文化は途轍もない魅力だ」

フランスはその力を、パリを舞台にした歴史的外交で見せつける。

一九一九年六月二十八日、世界大戦が終結して半年、ベルサイユ宮殿の『鏡の間』で講和条約の調印式が行われた。

講和条約の作成は一月から二十七ヶ国、七十三人の委員が参加する形で始まった。

米国、フランス、英国が終始論議をリードする形で進められ、出来上がった内容はドイツにとって苛烈《かれつ》極まりないものとなっていた。

普仏戦争でドイツに敗れ、アルザス＝ロレーヌ地方分割という屈辱にまみれたフランスが積年の恨みを晴らさんと、講和会議議長となった首相クレマンソーがその立場を利用して強硬な主張を繰り返した結果だった。

内容は……ドイツが持つ全ての海外植民地の放棄、ベルギー、ポーランド、チェコスロバキアなどへの領土の割譲、軍事力の極端なまでの縮小と巨額な賠償金の支払いからなっている。

大戦争に負けることの代償の途轍もなさがそこに示されることになったのだ。

特に賠償金額は、戦争直前のドイツの国民総生産の三倍に上る一三二〇億金マルクという途方もない額に上った。

ドイツ国内では当然、反発と抗議の声が上がった。

「連合国が憎悪の念に駆られ、半狂乱になって作成したものである」

ドイツ首相シャイデマンが議会でそう演説し、英国の海軍基地に抑留されていた五十隻を超えるドイツの艦船が搭載する爆薬で一斉自沈をみせるなどの抗議を示したが……結局、受諾を余儀なくされた。


狂介はオテル・リッツの部屋で四四〇条に及ぶ膨大な条約文と欧州各国の新聞での論評を読み込んでいた。

「あまりに非道《ひど》いな……これではドイツ国民に怨嗟《えんさ》の念が途轍もない大きさで残るぞ」

そう思ったのが条約・第二三一条だった。

そこには『戦争責任条項』なるものが記され「戦争の全責任はドイツとその同盟国にある」とされていたからだ。

「あまりに一方的すぎる。これでは道理を重んじるドイツ国民の心を踏みにじる」

狂介はドイツの作家、トーマス・マンが新聞に寄稿した文章を思い出した。

……有害な老人であるクレマンソーが西欧文明を葬り去り、アングロサクソンの支配する文明と合理化が進められるであろう。いずれにしろ、平和は破滅である……

狂介は考えた。

「この講和で訪れる平和は偽の平和だ。決して封じ込めることの出来ない大国をここまで貶《おとし》めると、その反作用は途轍もない力となって将来現れる。そんなことは誰が考えても分かることだ。そして、トーマス・マンの言うところのアングロサクソンによる合理化、この……国際連盟なるものには裏があるぞ」

ここで狂介にあの男の顔が浮かんだ。

「米国のウィルソン大統領が講和内容の論議で指導力を発揮している。ホルムズは大統領を使って世界のパラダイムを変えようとしているのは間違いない。欧州に圧力を残し、またすぐ大規模な戦争をし易くする体制を作っておく。ウィルソンが提唱した国際連盟なるものの創設は建て前である世界平和とは正反対の目的を持つ筈だ」

狂介はそう考えながら、ふと自分の国、日本のことを思った。

「こちらの報道では戦勝国として全権を派遣している日本について……無視と言っていいほど殆《ほとん》ど何も触れられてないな」

日本は支那・山東省のドイツ利権の割譲を求めただけで、じっと口を閉じていた。

ベルサイユ講和会議に主席全権として派遣された西園寺《さいおんじ》公望《きんもち》はフランスへの出発直前、山縣有朋《やまがたありとも》の自邸・椿山荘《ちんざんそう》に秘密裡《ひみつり》に呼ばれた。

山縣は開口一番、西園寺に告げた。

「貴公、分かっていると思うが……講和会議では我が国に関わりのないことには一切口を挟まないでくれ。特に米国を刺激することは止《よ》してほしい。米国を暫くの間、欧州にかかずらわせておいて貰いたい。あの国の目を太平洋方面から逸《そ》らせておきたいのだ。シベリアでのわが国の侵攻を進めるためにな」

西園寺は怪訝《けげん》な顔をして訊ねた。

「閣下は何故そこまでシベリアに執着を持たれるのです？　それほどの価値があの辺境にございますか？」

西園寺はそう言いながら山縣の目が異様な光を放っていることを感じた。

「かの地では今、重要な軍事作戦を展開しておる。この国の命運をかけたものだ」

「広大な不毛の地を占領したところで補給線が伸びきるだけで不利であることは軍事の素人である私にも分かります。せっかく今日、こうやってお会いしているのです。閣下が何故シベリアに執着されるのか、その本心をお聞かせ願えますか？」

西園寺は強く迫った。

山縣はその奇妙に光る眼で西園寺を見据え、落ち着いた口調で言った。

「不毛の地と今、貴公は言ったな。そう、その不毛の地が必要なのだ。あるものを創り出すためにな。それを創り出すことが出来れば我が国は世界最強の軍事大国となる。どんな国も我が大日本帝国に逆らうことが出来なくなるのだ。そのためのシベリア侵攻なのだ」

西園寺は目を剝いた。

「一体何を創り出すのです？」

山縣は何とも気味の悪い笑顔を見せながら言った。

「光じゃよ。この世の最後に見る光。それを今、ある男が、かの地で創り出そうとしておるのだ」

「こ、この世の最後とはどういうことです？　一体何がシベリアで行われているのです？」

西園寺は山縣の眼に見据えられ震えながら、そう訊ねるのが精いっぱいだった。

しかし、山縣はその先のことは一切語らず、ただ笑みだけを浮かべるだけだった。

◇

シベリア派兵・陸軍特務部隊。

その存在は軍部内の数名の幹部だけが知っているが、彼らもその活動内容、何処《どこ》で何をしているのかは一切知らされていない。

元老、山縣有朋の直轄により単独遂行されているその特殊任務には、一切触れてはならないと厳命が下されていた。

部隊はトボリスク県チュメニ郡ポクロフスコエ村近郊に駐屯を続けていた。

工兵たちが廃墟《はいきょ》となった教会の跡地にあっという間に建物を三つ建設していた。

ひとつは兵舎であり、もう一つは倉庫であることが分かる。

しかし、さらにもう一つの建物は一体何なのか、うかがい知ることが出来ない。

堅牢《けんろう》な造りで強力な発電施設が併設され窓はひとつもなく、煙突が三本、時折異様な色の煙を出す。

シベリアの厳しい冬の間中、その煙突からは休まず煙がたなびいていた。

時折、トラックがやって来る。

奇妙なことにそれは日本軍と敵対している筈のソビエト・ロシアの軍用トラックだった。

荷台から林檎《りんご》箱ほどの大きさの木箱が非常に重そうに四人がかりで運び出され煙突のある建物に運び込まれた後にトラックは去っていく。

その日、トラックと共に軍用車がやってきた。降り立ったのは綺麗《きれい》な顔つきのロシア人の男だった。

男は美しい金髪を春のシベリアの風になびかせながら謎《なぞ》の建物の中に入って行った。

「いかがです、進捗《しんちょく》のほどは?」

ウスシーロフは建物の中で出迎えた赤根《あかね》早人《はやと》に訊ねた。

「僅《わず》か半年でこれだけの施設を作り作業に入れた。地下宮殿で覚醒《かくせい》した者たちの働きは目覚ましい。優秀な者を選別しておいたのも利いている」

ウスシーロフは笑った。

「やはり日本人は優秀ということですか？」

「それもあるが……覚醒による力と帝政ロシアの、オフラーナの遺産あってのことだ」

ウスシーロフは頷いた。

赤根はさらに続けて言った。

「もしあれを、世界大戦、いや、革命前に使用していたら……ロマノフ王朝は世界を支配していただろう……それをさせなかった父上の知恵の深さを思い知らされる」

その言葉にウスシーロフは感銘を受けて言った。

「その通りです。全ては光の宮殿をこの世に産み出し、父上を真の姿で甦《よみがえ》らせるためのもの。その準備段階で出来上がったものに過ぎない。それにしても……凄まじいものです」

赤根は嘗《かつ》て地下宮殿でそれが創り出す光景を見た時のことを思い出した。


一九〇八年六月三〇日の朝、場所は中央シベリア、エニセイ川支流のポドカメンナヤ・ツングースカ川の上流。

シベリアの深い森の中だ。

その日、ロシア秘密警察・オフラーナから資金提供を受けて研究開発を続けて来たポーランドの物理や化学を専門とする科学者たち十名が製造した兵器の実験が行われたのだ。

正十二面体の形をした直径一メートルの鉄の塊が、高い木組みの櫓《やぐら》の上にセットされていた。

鉄の塊には時限式の信管が仕掛けられ、科学者たちは櫓から二キロ離れた塹壕《ざんごう》の中に身を隠して、その瞬間を待った。

一時間にセットされた時限式信管が破裂した時、この世のものとは思えない光景が広がった。

強烈な閃光が空一杯に広がったかと思った次の瞬間。

「‼」

誰も聞いたことのない途轍もない爆発音と共に、バリバリバリと耳をつんざく衝撃波が広がり、続いて凄まじい爆風がやって来た。

「ふ、風速が五十メートルを越えました！」

塹壕の中で観測していた科学者の一人がそう告げた。

「成功だ……成功した‼」

風が収まり塹壕の外に出た彼らが目にしたものはこの世のものとは思えない異様な光景だった。

大きなきのこの形をした雲がむくむくと出来上がっていたのだ。

それは巨大な髑髏《どくろ》にも見えた。

そして、彼らは櫓のあった場所に急いだ。

「こ、これは……」

彼らが見たものは死の世界としか形容できないものだった。

半径五百メートルに亘《わた》って先ほどまであった森林は消え、ぶすぶすと煙を上がる焦げた大地だけになっている。

その周りの森林は綺麗になぎ倒されていた。

「美しい……」

科学者の一人は我知らずそう呟いていた。

あまりの破壊力に誰もが暫く口を利くことが出来なかった。

気がつくと周りの森林が燃え出していた。

「そろそろ立ち去らないと危険です」

そうして彼らはその場所から速やかに宿舎へと移動した。

宿舎に戻ると彼らは観測したデータの解析を始めた。

「まだウラニウムの純度が完全とはいえない段階でこれだけの威力です。完璧《かんぺき》なものが出来上がったらどんなことになるか恐ろし……」

言いかけたところで突然、宿舎のドアが開き、機関銃を手にした男たちが入って来た。

しまう。

「な、何だ？　あんたたちは？」

一人がそう叫んだ次の瞬間、夥《おびただ》しい銃声の咆哮《ほうこう》が始まり、科学者たちは全員射殺されて

僅か数秒の出来事だった。

男たちが立ち去った後で二人の別の男がそこに現れた。

二人とも科学者たちの無残な姿を見ても眉《まゆ》ひとつ動かさない。

「全ての製造過程のデータ、製造方法、設計図並びに製造装置を押収してあります。これで我がロシア帝国の科学者の手で製造が可能です」

オフラーナの兵器担当官がそう言った。

「ご苦労だった」

もう一人の男はそう言うと手で十字を切った。

「だがそれは……ロシア帝国のものではないのだ」

男は光る眼をして担当官にそう告げた。

「ロシア帝国のものではない？　どういう意味ですか、グリゴリー神父？」

担当官はそう訊《き》き返した瞬間、ラスプーチンに見詰められ朦朧《もうろう》となる。

「全て秘すのだ。私がこれを必要とする時まで全てを隠せ。いいか？　分かったな」

担当官はもう先ほどまでの担当官ではなかった。

「全て……隠します。グリゴリー神父が必要とされるまで……」

　ラスプーチンは頷いた。

「これで、光の宮殿の『門』は出来上がった。『鍵』は……必要な時で良い。我が息子たちがロマノフ王朝を生贄《いけにえ》として私に捧《ささ》げる時がその時だ」

「そして父上から我が兄弟が全てを引き継ぎ、『鍵』も手に入れた」

　赤根早人はウスシーロフにそう言った。

　ウスシーロフは頷いた。

「私は父上の意思通りに動いたまで。ロマノフ朝に伝わる『ロマノフの太陽』『ロマノフの月』の二つを生贄と共に光の世界にいらっしゃる父上に捧げて、この『鍵』を手に入れたのですから……」

　ロマノフ朝最後の王と王妃それぞれが胸につけた巨大ダイヤモンド、それを高性能のライフル弾で撃つことによって二人の命と引き換えに再結晶化させたもの。

　ウスシーロフはそれをポケットから取り出して見せた。

　異様な光を放つ二つの物質がウスシーロフの掌《てのひら》にのっていた。

　赤根はその光に魅せられた。

「父上の眼の光のようだ」

ウスシーロフもその通りと呟いた。

「あなたがここで日本人を使って光の宮殿の『門』を作る。完璧な『門』が出来れば、この『鍵』を使って光の宮殿は出来上がる。全ては父上の復活のため……」

赤根はその言葉を聞いて法悦のような状態になった。

「あぁ……光の宮殿。再び父上がこの世に現れ真の王国を創られる」

ウスシーロフも同様の状態になった。

「光の宮殿……ひとつは我が兄弟、赤根早人の手で太平洋で築かれ、もうひとつは、あの男によってユーラシア大陸で築かれる。世界が炎で満ち溢《あふ》れ……まずは全てが浄《きよ》められる。そうした後に光の宮殿が築かれ……父上が復活される。世界の真の王として」

二人は暫く法悦に浸った後、不思議な静寂を湛《たた》える表情に戻った。

「『門』の完成には、どのくらい掛ります?」

「今の進捗状況なら、あと半年で」

赤根の言葉にウスシーロフは頷いた。

「では、私はあの男に会うとしましょう。あの男に光の宮殿を築かせる長い道を拓《ひら》かせなくてはならない」

そう言って、西の方角を見やるのだった。

◇

男は戦場から戻っていた。

敗戦の混乱が続くドイツ、男はミュンヘン中央駅で警備の仕事につき、兵舎で生活をしていた。

好きな読書はずっと続け、時折兵隊たちを相手に演説を行ったりしていた。

演説を行うたびに男は不思議なほどの手ごたえを感じた。

「俺の言葉は人を動かすことが出来る。俺は人を、国を動かす偉大な人間になれる」

ある日、男は上官から、とある政党の情報収集の任務を与えられる。

敗戦後のドイツには雨後の筍《たけのこ》のように小政党が生まれ、治安維持の目的から軍がそれぞれの政党の内情を調査していたのだ。

一九一九年九月一二日の金曜日、男はその政党の集会に参加した。

『ドイツ労働者党』

名前だけは大層立派なその政党は、スポーツ記者であるカール・ハラーと鉄道機械工のアントン・ドレクスラーの二人によって、その年の一月に設立されたものだった。

男が調査に行ってみると、安ビアホールの薄汚い一室に二十人ほどの貧しい男たちが集まっていた。

壇上にはゴットフリート・フェーダーという経済学者が立って演説していた。

読書家である男はフェーダーの『利子奴隷』という本を読んでいたが、演説は特に印象に残るものではなかった。

しかし、男は妙なことでフェーダーに感心する。

それはフェーダーの口髭《くちひげ》だった。

ちょこんと口の上に乗るような小ささにトリミングされたそれを見ているうち、自分の長い髭をそのように短くしようと決心する。

「それ以外にここへ来た甲斐《かい》はなさそうだ。毒にも薬にもならない取るに足らん連中の集まりだ。これなら簡単な報告で十分だな」

講演が終わり、男が部屋を出ようとした時だった。

ある大学教授が立ち上がり、オーストリアとバイエルンの連合国家を創る必要性を説いたのだ。

男はその内容に反発を覚え、任務を忘れて思わず反論の弁舌をぶった。

教授は男の言葉の勢いに圧《お》され、這《ほ》う這《ほ》うの体で退散してしまった。

男の演説の巧《うま》さに感心したドレクスラーは男に握手を求めると、是非読んでくれと党のパンフレットを手渡した。

兵舎に戻った男はその政治論文『我が政治的目覚め—あるドイツ人社会主義労働者の日記より』を読んだ。

そこには無一文で無気力な青年がいかにして熱烈な国家主義者となり、反ユダヤ主義者へと変貌を遂げたかが、切々と書かれていた。

そして数々のユダヤの陰謀がその証拠なるものと共に綴《つづ》られているのだった。

男は時を忘れ一気にそれを読み通してしまう。

「これは……俺のことじゃないか！　そして、俺がまさに知るべきことではないか！」

男は感慨に耽《ふけ》った。そこに自分自身の成長と同じ軌跡が描かれていると感じたのだ。

数日後、男は一枚の葉書を受け取る。

そこには、〝ドイツ労働者党への入党を許可する〟と書かれていた。

男は大仰なその書きように思わず失笑を洩らした。

「とるに足らぬ連中の集まりに過ぎないが、俺はこの集まりには何故か……運命を感じる」

男は熟考したが、そう結論づけて入党を決意した。

次の集会はビアホール『シュテルンエッカー』で開かれ、男も参加した。

そこには前回の倍近い四十人ほどが集まっていた。

ハラーが演説を始めたが、それは冗長なだけでどこにも人を惹《ひ》きつけるものがない。

突然、そこに野太い声が響いた。

「もういい十分だ！　君の演説など誰も聞いちゃいない」

男はその声の主を求めて振り返った。

そこには禿頭《とくとう》で大柄の雄牛のような堂々たる人物が座っていた。碧《あお》い瞳の鋭い眼差《まなざ》し、絵筆のような口髭を蓄えている。

何故かその人物も男をじっと見詰めていた。

退屈な演説に飽き飽きしていた男は、野次を飛ばした後、じっと自分を見つめる立派な紳士に抱きつきたい衝動にかられた。

ハラーが、しどろもどろになりながらも何とか演説を終え、集会が引けるとドレクスラーは男を先ほどの人物に紹介した。

「こちらがディートリヒ・エッカートさんです」

詩人で劇作家、富豪の芸術家だ。

そして『ドイツ労働者党』の中核的存在であり政治活動のパトロンだった。

男は思った。

「俺はこの人に出会う運命にあったのだ」

エッカートはその場で男を自宅に招いた。

翌週、男はドレクスラーと共にエッカート邸を訪れた。

執事に二階にある書斎に案内され、中に入ると壮麗な書棚に納められた無数の本に囲まれたエッカートが巨大な机を前に座っていた。

男はその雰囲気に、生まれて初めて富豪の邸宅に招かれた自分に、酔った。

堂々たる体軀《たいく》と威厳に満ちた顔つき、芸術家としてのあり方と富豪としての絶対的な地位……男はエッカートに畏敬の念を覚えると同時にこの場に自分がいる運命に歓《よろこ》びを感じた。

エッカートは立ち上がって満面の笑みを浮かべながら男に言った。

「ようこそ。ヒトラーさん」

一月《ひとつき》ほど前のこと。

エッカートは突然の美しい来訪者に驚き、そして歓びを感じた。

ロシア帝国の元官僚でエッカートの戯曲のファンであるというその美青年の持つ優雅な雰囲気に魅了されたからだ。

美青年はエッカートに言った。

「エッカートさんは理想の政治を目指すパトロンとして、かねてより機関銃の音に慣れた指導者が欲しいと仰《おつしや》ってらっしゃるとか？」

エッカートは美青年の思いがけない質問に少し驚きながらも頷いた。

「そう、これからのドイツに必要なのは人を震え上がらせることが出来る指導者ですから」

美青年は笑った。

「そして、それは労働者の中から出てくると？」

「その通り。よく私のことをお調べになったものだ。未来の指導者は将校ではない。そもそも将校に対する大衆の敬意など既に失われてしまっている。求められるのは話の上手な労働者です。なに、知識など必要ない。政治家というのはこの世で最も愚かな職業なのですからね」

その言葉に二人は同時に笑った。

エッカートはさらに言った。

「ミュンヘンの農夫の妻でさえ政治指導者くらいの知識はあります。これからの指導者とは……共産主義者《アカ》にきっぱりと物が言えて、椅子を振り上げて殴りかかられても毅然《きぜん》として逃げ出さない。つまり、頭がからっぽの猿のような人間が必要なのです。私はかねがね次のように言っています。怖気《おじけ》づいて小便をちびるような知識人一ダースより、そんな猿のような男の方を高く買うとね」

そう言って微笑んだ。

そして、思い出したように付け足した。

「そしてその男は独身でなければならない。そうすれば女たちの人気を得ることが出来る。優れた政治家は女を虜にしなければならない。これは古今東西同じでしょう」

美青年は頷いた。

「近々、エッカートさんのもとにあなたの求める男がやって来ます。私のお願いはあなたにその男を教育してやって貰いたいということです。ドイツの指導者になるのに必要なものを、その男に与えてやって欲しい。その為の資金援助は幾らでもさせて頂きます」

エッカートは驚いた。

「しかし、何故あなた……」

言いかけてエッカートは美青年の瞳に吸い込まれたようになっていた。

そこからは夢の中のようだった。

「お前はその男を世界の支配者になるよう教育しろ。ドイツを世界最強の国とし、あらゆる国を侵略するのがその男の定めだ。どんな破壊と殺戮《さつりく》をも躊躇《ちゅうちょ》しない指導者に仕立て上げるのだ。ユーラシア大陸を隅々まで火の海にしてしまう。そんな指導者となるためにあらゆることを教えるのだ」

ウスシーロフは朦朧となったエッカートにそう告げて洗脳した。

エッカートは無意識の裡にも訊ねていた。

「名は、その男の名は？」

ウスシーロフはエッカートの耳元で囁《ささや》いた。

「アドルフ・ヒトラー。ドイツ第三帝国の王となる男だ」

エッカートは何度も繰り返した。

「アドルフ・ヒトラー。ドイツ第三帝国……アドル……フ・ヒ……トラー」

エッカートは法悦状態となり滂沱《ぼうだ》の涙を流し続けた。

第二話　闇を解く鍵

狂介の欧州滞在は半年を越え、夏になっていた。

パリを拠点に狂介は欧州中を回っていた。

別の国に数日から数週間滞在して視察しては、パリに戻るという生活を続けた。

それほど狂介にはパリの居心地が良い。

福助はずっとパリに残していた。

ニューヨークと同様、パリに留学する日本人女学生を通訳兼ガイドとして雇ってやっていたために狂介の留守中も何の不自由はない。

福助も存分にパリを楽しんでいた。

「ここの空気は本当に良いわ。ニューヨークよりも何だか自由になれんのよ」

日本の大使館主催で催し物がある時、踊りを披露するなどパリに溶け込んでいた。

シャンゼリゼの大通りを歩くだけで感じる豪奢《ごうしゃ》な風、オペラ座の中で浸る芸術の夢のような香り、そしてルーブル美術館が与えてくれる特別な時間に酔えることが嬉《うれ》しかった。

欧州は戦後復興が着々と進んでいた。

六月にドイツは連合国の講和条件無条件受諾の要求を受け入れ、ベルサイユ体制と呼ばれる政治の枠組みが欧州を支配した。

七月の終わり、ドイツの議会は世界で最も民主的な内容となるワイマール憲法を採択していた。

「全てが順調に進んでいるように見える。だが、相場の反落は近いな」

狂介は独特の相場の世界の感性でそう感じていた。

まずアメリカの経済並びに株式市場の活況が連日伝えられていた。

軍需輸出が途絶えたことで一旦《いったん》大きく落ち込んだ輸出が、復興需要によって急速に盛り上がりを見せていた。

鈴木商店の播磨総一の読み通り、世界は戦争からの急速な立ち直りへの需要で満ち溢《あふ》れていたのだ。

綿製品、長・短靴、農機具、金物類などの平和産業の製品や欧州の輸送網を再建するためのレールなどがどんどん輸出されていた。

世界大戦の終了で一時値下がりをしていた株式市場もそれを受けて急反発していた。

株価は一九一八年の安値よりも二割近く上昇を遂げ、日々の出来高も最高を更新し続けている。

昨年来、安値で広範囲に米国株を買い続けていた狂介の利益は大きなものになっている。

そして、日本の株式市場はそれ以上の熱狂を見せていた。

寺田昇平《てらだしょうへい》からの電信による情報や日本からの新聞には、沸き立つ市場の様子と戦後復興景気の言葉が毎日のように踊っている。

狂介が本来得意とする売りの相場への感覚が生まれつつあった。

「世界大戦で漁夫の利を得た日本の相場が一番危ない。今年一杯は持つだろうが……来年の春辺りが危ない。さて、どうする？」

狂介は考えた。

日本に残してある株式の買い持ちからは莫大な利益が出ている。

保有した米国株からの利益も大きい。

「最終的な戦いは、あのバーナード・ホルムズとの一騎打ちだが……そのために角を矯《た》めるか……」

狂介は相場を売りで取ることを決心した。

「ニューヨークではまだまだあの男に敵《かな》わない。であれば、まず日本で大きく勝負を決めてから……またウォール街に戻るか」

狂介は既に欧州で見るべきものは見たと感じていた。そして、これからの世界経済の予測もそれによって出来上がっていた。

「世界はアメリカ中心に回る。金融は完全にニューヨークがロンドンを上回った。そのアメリカを支配するホルムズ。あの男を上回るために必要なこと、最終的にあの男に勝つためにしなければならないこと……」

狂介は頭をフル回転させた。

「………」

狂介は生まれて初めての感覚に包まれていた。そして、結論を出した。

それは、途轍《とてつ》もない〝待ち〟の姿勢だ。

天才狂介の持つ高速の頭脳回転と電光石火の行動とは正反対の態度とも言えた。

「十年……あの男と勝負をつけるのはその位あと、と考えて……計画を練る」

それは遠大な計画だ。

この時点で狂介はさらに大きくなったと言えた。

ホルムズという巨大な敵を前にして狂介は逃げるのではなく、己の更なる成長を計算して勝ちを考えていたのだ。

「その到達点、十年後にはホルムズに伍《ご》すだけの力を持つということ」

それが容易でないことは狂介にも十二分に分かっていた。

「アメリカはここからさらに国として成長を遂げる。それをあの男は骨の髄までしゃぶりつくす筈だ。今あの男が持つ二億ドルの資産がいったいどの位にまで膨れ上がるのか、あの男の力がどこまで深く広く浸透するか……それを想像するだけでも恐ろしいが……」

狂介は厳しい表情になりながらも微笑《ほほえ》んだ。

「好事魔多し。アメリカが絶対的な強者であると誰もが思った時に落し穴がある筈《はず》だ。アメリカの絶頂。そこがホルムズを仕留める時だ」

狂介はそれを十年後と予測した。

「ヨーロッパの復興、新たな産業の勃興《ぼっこう》を考えると、ここから十年、米国経済は拡大を遂げる。米国民はこれまでの人類の歴史になかったような富を享受できる筈だ。それが一体どのようなものなのか想像も出来ないが、銭を増やす、そしてその銭を使うことに無邪気なほどの熱心さと工夫を持つあの国民こそにその権利があるのも分かる。歴史には必然があるのだ」

そして、狂介は改めてホルムズという存在を考えた。

「あの男も歴史の必然なのだろうか？　そんなアメリカ合衆国という国に登場した怪物として。いや、アメリカそのものが怪物となろうとしている。これからの百年、アメリカは火を吹く龍のように世界中で戦争を撒《ま》き散らすようになるだろう。あの国はそれによって豊かに大きくなっていく。移民を受け入れ続け、様々な民族、宗教の人間たちが渾然《こんぜん》一体となって成長していくには、国内で起こりうる様々な摩擦や混乱を避け、国民の一体感を演出するために戦争が何より必要になる。アメリカにとって戦争は成長のエンジンなのだ。ホルムズはそんな〝アメリカという文明〟の操り人形に過ぎないのかもしれない」

そう考えていると福助が部屋に入って来た。

「狂さま。考えごと？　あたいはお邪魔？」

狂介はその福助の顔を見て言った。

「どうだい？　今から出掛けないか？」


二人はルーブル美術館を訪れた。

もう何度も訪れているが全てを観《み》て回ることが出来ない展示品の多さは、贅沢《ぜいたく》な諦《あきら》めを訪れる人間に与える。

「お前さんはどれが好きなんだい？」

館内に入って狂介は福助に訊《たず》ねた。

「あたいはミロのビーナスが一等好きだわね。あのお姿はいつまで観ていても飽きない」

二人はミロのビーナスの前まで来た。

すると福助はまるでお寺の仏像の前に来たように手を合わせ、それからじっとビーナスを見詰めた。

「何故、見飽きないんだと思う？」

狂介は訊ねた。

「色んなことを考えんのよ。両腕の形はほんとはどんなだったのか？　もし、腕があったらこんなに惹かれんのだろうか……とか」

狂介は頷《うなず》いた。

「ない、ということが美しさを作っているのは本当だろうな。観ている者は何も考えていないように思えても、何かを観ようとしている。それは何か分からないが……きっと、本当の美に通じているんだろうね」

その言葉を聞いて福助は狂介に身体《からだ》を寄せた。

「狂さまは何を美しく感じるの？」

「ん？」

「このビーナスのことでもいいし、他のことでもいい。狂さまが美しく感じるものを教えて」

狂介は黙っていた。

福助には随分長い時間が経《た》ったと思った時に狂介はポツリと言った。

「完璧《かんぺき》さ……かな？」

「かんぺき？」

狂介は頷いた。

「これ以上でもこれ以下でもない。全てがそこでピタリと決まる。そんなところに美しさを感じるな」

福助は狂介らしいと思った。

暫《しばら》くしてから福助が言った。

「こんな美しいもんをみせて貰《もら》えるのも狂さまのお陰。本当にありがたいわ」

狂介はまた暫く何も言わず黙っていた。

そして、思い切ったように言った。

「俺はお前さんに感謝している。お前さんは海外に出てから、一度も疲れた顔や嫌な顔を見せないで、一度たりとも帰りたいと言わなかった。お陰で俺は何もかも自由にやれた。ここからの大相場も考えることが出来た。本当にありがとう」

狂介の言葉に福助は泣いていた。

「あたいが連れてって下さいと言ったのだから、そりゃ当然のことよ。狂さまにそんな風に言ってもらっちゃあ、罰が当たるわ」

狂介は福助を抱き寄せた。

「色んなものを見たな」

「ほんと、色んなものを見たわねぇ……」

「なぁ」

「はい？」

「日本へ、帰るよ」

「……、あい」

福助はただそう返事をすると大きな笑顔を狂介に見せた。

◇

井深悠子《いぶかゆうこ》はニューヨーク、コロンビア大学の女子寮ホイテャ・ホールの自室でその手紙を読んでいた。

日本の住所宛《あ》てに送られてきたものがニューヨークに転送されているために手紙が書かれてから数ヶ月が経っている。

悠子は手紙を読みながら震えていた。

それはあのエリセーエフからの手紙だった。

「……この状況下で私はいつ逮捕され、処刑されるか分からない状態です。貴女《あなた》のことを恨むと言った私を許してほしい。死というものを目前に私は貴女への思いを改めています」

エリセーエフは、ロシア屈指の食料品店を営むエリセーエフ兄弟商会の息子として生まれ育ち、富裕階級に属していたために、一九一七年の十月革命の後から悲惨な生活を強いられていた。

家の財産は全て没収されていた。

結婚し二人の男の子がいるなかでのその生活は筆舌に尽くしがたいものがあった。

残された家財道具を売りながらも食べる物も十分に得ることが出来なかった。

義理の父親は既に栄養失調で死んでいた。

「食料品屋の倅《せがれ》が舅《しゅうと》を餓死させるなんて……洒落《しゃれ》のひとつにもなんねぇ……」

エリセーエフは自虐的に日本語でそう呟《つぶや》きながら涙を流した。

ボルシェビキによる恐怖政治が始まると周りの様々な人間が殺されていく。

妹の主人は銃殺され、妹は半狂乱となった。

地獄というものが本当にあることをエリセーエフは知った。

そして、一九一九年五月二十七日、エリセーエフ自身は逮捕された。

悠子は考えた。

「このまま……あの人を死なせるわけにはいかない」

それはエリセーエフの子供を身ごもりながら、彼には知らせず一方的に自分で始末をつけたことへの呵責《かしゃく》だった。

兄の狂介は欧州に旅立つ前に、悠子に自分の銀行口座を自由に使えるよう便宜を図ってくれていた。

「あのお金を使えば、ロシアに渡れる」

しかし、そこは帝政ロシアではなくソビエト・ロシアという共産主義の国だ。

どのような状況かは分からず、外国人には危険な状態で、日本とは敵対している。

しかし、一旦決断すると狂介同様、成功に向けて徹底的な行動をとる悠子だった。

秘密裡《ひみつり》に渡航の準備を整えていく。

「やはり、アメリカは銭の国だわ。銭さえ出せば大概のものは手に入る」

法外な金額を支払ったが、狂介の口座の莫大な金額の一滴のようなものだ。

それで二種類の偽の旅券を手に入れると悠子は大西洋航路に乗ったのだった。


「悠子が……消えた？」

狂介はマルセイユから日本へ向かう客船の上でスエズ運河を通過した所だった。

ニューヨークの三井銀行にいる兄、洋介《ようすけ》からの電信で狂介はその事実を知った。

しかし、訳が分からない。

数日後に送られて来た次の長い電信文には、悠子が洋介や狂介に宛てた置手紙の内容が記されていた。

それを読んだ瞬間、狂介はもうどうしようもないと思った。

「エリセーエフを助けに、ソビエト・ロシアへ……」

狂介は悠子の性格を熟知している。

「あの子はやると決めたらやる。こうなったら成功することを祈るだけだ」

狂介は直《す》ぐにニューヨークに返電を打ち、まず自分の銀行口座の残高を確認した。

そして、その金額を知るとニヤリとした。

「さすがは悠子さんだ。ある意味、これで安心した」

悠子は五十万ドルを引き出していた。

「それだけあれば、大臣クラスを何人でも買収出来る。あの子のことだ、様々な手段を使いながら無事にエリセーエフを救い出すだろう」

狂介は悠子の能力を信じていた。

語学は狂介同様の才能があり、頭の回転も狂介にひけを取らない。

「母上も言っていたが、あの子は俺以上に頭が切れるかもしれない」

福助も事の成り行きを聞いて心配でならなかった。

「大丈夫だよ。悠子さんは」

「でも、女のひとが一人で危険なとこへ行くんでしょう？　本当に大丈夫なの？」

狂介は頷いた。

「俺には分かる。あの子はどんな状況でも対応できる。むしろ俺よりあの子の方が上手《うま》いと思う」

福助はその狂介の言葉に驚くと同時に兄と妹がこれほど信頼し合っていることを羨《うらや》ましくも思った。

「狂さまが狂さまなら、悠子さんも悠子さんだ。この兄妹、度外れてるわ」

そう感心しておくしかなかった。

狂介たちはそれから一月《ひとつき》後に横浜港に到着した。

狂介は直《まっす》ぐに四谷の井深家に向かった。

（案の定だな……）

両親と対面した狂介は思った。

父の井深雄之介《ゆうのすけ》は憔悴《しょうすい》しきっているが、母の遼子《りょうこ》は泰然自若の観がある。

「大丈夫ですよ、親父殿。悠子はちゃんと戻って来ます。心配はいりません」

「米国などに行かせたのが間違いだった。やはり止めておけば良かったのだ」

「あなた、何度同じ言葉を繰り返せばよろしいの？　悠子が直ぐに戻ってくるわけでもあるまいし……。大丈夫ですよ、あの子は」

「何てお前は冷たいんだ！　それでもお前は母親か！」

「だから、何度同じことを仰《おっしゃ》るの」

そんな父母の問答を狂介は眺めながら親というのは良いものだなと考えていた。

狂介はもう悠子のことはとうの昔に頭から外していたのだ。

「なるようにしかならない。そして、あの子の能力を信じるだけ」

そのように割り切るのが良い結果を生むものだと相場の世界の住人として悟っていた。

目の前の父母は延々と同じ問答を繰り返している。

何日、これなのかと思うと可笑《おか》しくなった。

そして自分が親になることを考えてみた。

どれほど想像してみても、それは相場のように頭に浮かんで来ることがない。

どこまでもピンと来ないのだ。

しかし、不思議なことが起こった。

ふと、目の前に京都、祇園《ぎおん》の舞妓《まいこ》小《こ》よしの顔が浮かんだのだ。

「そうか……そろそろ、あの子の水揚げを考えてやらないといけないな」

今の狂介にはそれだけしか考えが浮かんでいなかった。

狂介は父親と二人きりになった。

「悠子は私の口座から五十万ドルも引き出して欧州に渡りました。それだけあれば何だってやれます。どうかご心配なく」

母親がいる前では言えなかったことを狂介は雄之介に告げた。

「そうか……あの子がそこまでやるのなら、寧《むし》ろ心強い。少し気持ちが軽くなったよ」

狂介はそれを聞いて頷いた。

そして、雄之介に訊ねた。

「親父殿がロンドンで拉致《らち》された時の赤根早人氏。あの方はどうされています？　今回の件、あの方に相談するのは如何《いかが》です？」

狂介の言葉に雄之介は力なく首を振った。

「今、欧州にいるらしい。私から連絡をつけたくともどうにもならん。赤根さんがいたら……真っ先にこの件を相談している」

「そうですか……ところで、あの方は一体、何者なんです？　軍関係の特殊機関の人間なのですか？」

雄之介は頷いた。

「亡くなった伊藤博文《いとうひろぶみ》や井上馨《いのうえかおる》公らが秘密裡に作った組織の人間だった。今は単独で行動している。一騎当千という言葉がそのまま当てはまるような途轍もない能力を持つ男だ」

狂介はその言葉に納得した。

「故井上公ということは長州閥、つまり元老、山縣有朋公もその組織に絡んでいるのですね」

「そうだ。だが……その山縣公がおかしい」

狂介は怪訝《けげん》な顔つきになった。

「どういうことです？」

雄之介は訳が分からないという風に首を振ってから言った。

「あの結城次郎《ゆうきじろう》と組んで、日本をおかしな方向へ持って行こうとされているのだ」

狂介は驚いた。

「結城……京都帝国大学の理学部数学科教授で、闇《やみ》の組織の帝王の結城ですか？」

雄之介は頷いた。

「シベリアへの出兵を強行に決定するなど、これまでの山縣公とは別人のようになられたのだ」

狂介は首を傾《かし》げた。

「結城は守秋順造《もりあきじゅんぞう》と繋《つな》がっている。あの男だけは絶対に捕まえてやる。それにしても何故だ？　何故、山縣公が結城と手を結ぶ……」

◇

兜町《かぶとちょう》、楓川《もみじがわ》沿いにある細長いビルの一角を占める自分の株式仲買店、寺田商店に狂介は帰国の翌日、顔を出した。

一年以上、留守をしていたとは思えないほど狂介には兜町の空気がしっくりとくる。

寺田昇平からほぼ毎日、電信で状況は伝えられていて把握はしているが、実際に帳簿を見ると相場師としての気持ちが改まる。

「東京の利益だけで一千万円を超えています。上げ相場の中で資産は倍増したということです」

寺田昇平は落ち着いてそう言った。

狂介は頷いて笑った。

「ウォール街での利益はこれより少し多いです。資産的には四千万円近くになっているということですね」

寺田はほとほと感心したという風に首を振った。

「見事なものです。兜町の仲買人でも三本の指に入る資産総額でしょうね」

「まぁ、そんなことで満足はしていられません。相場は続きますからね」

寺田はそんな狂介に頷いてから心配げな顔つきになって訊ねた。

「悠子さまが行方不明とお聞きしましたが？」

「あの子は大丈夫です。自分から旅に出ただけです。心配はいりません」

きっぱりとそう言う狂介に寺田はその件を二度と口に出さなかった。

「ところで今野《こんの》さんは今日はお休みですか？」

今野聡子《さとこ》の姿が見えないので狂介は訊ねた。

寺田の表情がそこで改まった。

狂介は怪訝な顔をして訊ねた。

「どうしました？　今野さんに何か？」

「この件。狂介さまが海外にいらっしゃる間はお伝えしなかったのです。おかしなことで気を煩《わずら》わせて相場に差支えてはと思いまして……」

「何です？　一体、何があったのです？」

「実は……」

狂介は寺田の説明に驚愕《きょうがく》する。

それは、昨年の秋のことだった。

「あの……社長さん」

今野聡子が寺田昇平に突然、内密にお話がと切り出して来たのだ。

そこで聡子は全てを話した。

「あ、あなたが密偵としてうちに入って、うちの相場の情報を流していたと⁉」

「申し訳ありません。本当に申し訳ありません！　堪忍して下さい！　この通りです‼」

聡子は頭を下げ続け、顔を上げない。

「い、一体……一体誰のためにそんなことを？」

「守秋……守秋順造です」

「⁉」

寺田は俄《にわ》かに信じられなかった。

「その守秋が死にそうなんです！　どうか、後生ですから、助けてやってください‼」

その日。

寺田は夜がとっぷりと更けてから聡子と共に聡子の長屋を訪れた。

中に入り、土間を上がったところにある襖《ふすま》を開け、電球を灯《つ》けると男が寝ていた。

「こいつが……守秋だったのか」

その顔に見覚えがあった。

四年前の正月、寺田が暇を持て余して神田明神に初詣《はつもうで》に出かけた時、聡子と一緒にいた男だ。

男は傷だらけで衰弱し意識が朦朧《もうろう》としている。

男の状態が危険であることは明らかだった。

「直ぐに医者に診せないと、これはまずい！」

「この人、見つかって殺されると言うんです。組織の人間たちがどこにでもいるのだと言って……絶対に医者を呼ばせないんです」

寺田は状況を飲みこみ、考えた。

すると、ある男の顔が浮かんだ。

「蛇《じゃ》の道は蛇《へび》だ。今野さん、直ぐに戻って来る。待っていてくれ！」

そう言って飛び出していった。

暫く後で寺田は数人の男と共に大八車を運んでやって来た。

そして、引越し荷物に偽装した中に守秋を入れて運び出した。

寺田と聡子もそれに付いて歩く。

大八車は日暮里元金杉の立派な屋敷の中に入って行った。

そこには既に医者も待機していた。

「ここは？」

聡子が寺田に訊ねた。

「安全で絶対に秘密が守られる場所です」

そう言って寺田は笑った。

「どういう所ですの？」

「掏摸《すり》の巣窟《そうくつ》です」

その言葉に聡子は驚いた。

そこは掏摸の首領、仕立屋《したてや》銀次《ぎんじ》の屋敷だった。

監獄にいる銀次の留守を預かる銀次の一の乾児《こぶん》、のんべの勝《かつ》が管理している。

呼ばれた医者は腕が良く勝の息がかかっていてどこにも話が漏れることはない。

そうして守秋は一命を取り留めた。

そこから、一大工作が行われた。

守秋を死んだことにしたのだ。

勝は乾児を総動員して守秋に年恰好《かっこう》の似た行き倒れの死体を見つけ出し、守秋の洋服を着せ大川端に数日かかって流れ着いたように偽装した。

「立派な洋服の土佐衛門が上がってますぜ」

そう警察に連絡し、追っている組織がそれを確認できるようにしておいた。

狂介はただただ驚いた。

「まさか昇平さんが、守秋をずっと匿《かくま》っていたとは……夢にも思いませんでしたよ」

「勝さんがいてくれてこそ、です。ただ、守秋は奇妙なことを話してばかりで……要領を得ないのです」

狂介は直ぐに寺田と共に日暮里元金杉へクルマを飛ばした。

仕立屋銀次の屋敷の敷地内の離れに守秋順造は今野聡子と暮らしていた。

狂介たちは二人の居室に入った。

守秋は丹前《たんぜん》を着て長椅子《ながいす》に横になっていた。

隣《となり》で聡子が林檎《りんご》を剝《む》いていた。

狂介の顔を見るなり聡子は土下座した。

「旦那《だんな》さん！　申し訳ございませんでした。旦那さんや社長さんを裏切っていたのに、命を助けて貰い、こんなに良くして貰って……このご恩には、どんなことをしてでも報いますので！」

狂介は聡子の手を取って起こした。

「今野さん。人には色んな事情があります。あなたはあなたなりの事情で生きるために仕方がなかった。だから、もういいんです」

聡子は狂介の腕にすがりついて泣きじゃくった。

「申し訳ありませんでした！　本当に申し訳ありませんでした‼」

守秋はその様子を力なく眺めていた。

「あぁ……実王寺狂介じゃないか」

そう言って狂介を見て微笑《ほほえ》んだ。

それは奇妙な笑顔だった。

狂介の目の前にいるのは紛れもなく守秋順造だ。

「守秋……」

狂介がそう呟《つぶや》くと守秋は首を傾げる。

「何故、俺を守秋と呼ぶ？　俺は守秋などという名ではない……」

狂介は怪訝な顔つきになって訊ねた。

「じゃあ、お前は誰なんだ？　お前は確かにあの農商務省の地下室にいた守秋順造だ。闇の役人だろ？」

守秋は黙った。

狂介は続けて訊ねた。

「何故お前は闇の組織に命を狙《ねら》われる？　結城次郎との間で何があった？」

その言葉で守秋が小刻みに震えだした。

「叔父上……あぁ、叔父上、助けて下さい！　叔父上ーっ!!　早く私を助けて下さい！」

そう叫び出し、狂介はギョッとした。

すると聡子がその守秋を抱きしめ、子供のように頭を撫《な》でながら子守唄《こもりうた》を唄い出した。

「坊やは♪……良い子だぁ……♪」

すると落ち着きを取り戻す。

狂介はその様子に驚き寺田を見た。

「ずっとこんな風なのです。自分のことがちゃんと分からないようです。いわゆる記憶喪失のようですね」

「でも、私のことをちゃんと分かっていました」

「ええ、他人はちゃんと認識できるようです。しかし、自分のこととなると、ああやって混乱を見せるばかりなんです」

狂介は考えた。

それまで分かっている守秋に関する事実を相場での分析のように考えた。

「これまで守秋に関しては、全てが謎《なぞ》だった。その素性もどこにいるのかも……。そして、こうやって現実に守秋を捕まえてみると、その謎が更に深まる……」

狂介は事実として確認されていることを整理して考えてみた。

「それは結城次郎だ。京都帝国大学・理学部数学科教授、天才的頭脳の持ち主で位相幾何学の権威……自身はずっと独身で姉が相場師に嫁ぎ、その相場師が相場でしくじって破産、一家心中した。その時に子供たち、結城の姪《めい》と甥《おい》が犠牲になっている」

甥……と考えて狂介は思った。

「〝叔父上〟と守秋は叫びながら助けを求める。それが結城のことなのは間違いない。しかし、一家心中した相場師の娘と息子が共に死んでいることは確認されている……」

狂介は頭をフル回転させた。

「位相幾何学……それを使って人間の心を操ることが出来るとすれば……人の記憶の操作が結城に出来るとすれば」

狂介は守秋を見た。

「この男に埋め込まれた偽の記憶。それを解く鍵を見つければいいんだ」

狂介は真の敵、結城次郎攻略を考え始めた。

◇

京都東山の自邸応接間で結城次郎は男から報告を受けていた。

「そうか、お前は株絡みで新しい仕事を思いついたのか?」

「はい。以前傀儡《くぐつ》が使っていた男を利用する手筈が整いました。かなり面白いことが出来る筈です」

結城は満足げに頷いた。

「傀儡が死んでから半年以上経ったか……早いものだな」

男は頷いてから自信ありげに言った。

「傀儡は所詮《しょせん》、傀儡です。叔父上の本当のお役に立つのは、やはり血を分けた肉親の私です」

結城は何ともいえない笑顔を見せた。

「そうだな、順造。よく言ってくれた。心強いぞ。私の姉上や義兄上《あにうえ》、そしてあの可愛い姪……お前の両親や姉の無念を晴らさねばならない。お前の家族を抹殺したこの国への復《ふく》讐《しゅう》を遂げなくてはならんからな」

男は悲しげな表情になった。

「あの光景は忘れません。叔父上があの時、そばにいて下さったから、あの光景に耐えることが出来た。そして、この国の全てへの復讐を誓えました」

結城は深く頷いた。

「順造、お前には私がついている。どんな時もそれを忘れるな」

そう言って優しい表情を男に向けた。

「ええ、叔父上とは楽しいことばかり……子供の頃連れていって頂いた、あの見世物小屋は忘れません」

男は笑顔になった。

「あぁ、南京鼠《ナンキンねずみ》の芸は面白かったな。お前は鼠が運ぶ俵の全ての色や模様をちゃんと覚えて何度も私に喋《しゃべ》っていたな」

男は頷いた。

「ええ、今でも覚えています。俵が私の方に一つ転がって来て、それをあの支那服の女芸人に返してやりました。すると、そこから玉が空中に浮かんで……」

そこまで言うと男は黙った。

そして、納得がいかないという風に首を振り出した。

「何故だ？　何故、空中に玉が浮かんだ？　そんなことありえない……どうして？」

男の肩に結城が手を掛けた。

「さぁ、順造。これを見なさい」

そう言ってノートを開いて見せた。

「あぁ……あぁ」

男は途端に朦朧となった。

「よく見るのだ。お前の過去、現在、未来が見えるだろう？　お前の名は守秋順造という。お前は特別な能力の持主だ。普通の人間とは全く違う。それは、私に無条件で奉仕するために与えられた能力だ。そして、少しでも自分の過去、現在、未来に疑いを持てば……お前は苦しむ。そう、お前の愛する家族が並んで首を吊《つ》ったあの時の怖さ悲しさが何倍にもなってお前にやって来る。そこからお前を救えるのは私だけだ。分かったな？　順造」

涙を流しながら頷く男を見て結城は思っていた。

「傀儡はいいものだ。壊れたら捨てればいい。そして、またこうして作ればいい。人間とはなんと簡単に傀儡となれる存在であることか……無条件での奉仕のために脳の領域の大半が作られていることに誰も気がついてはいない。そして、その領域への鍵があることにも……」

そこまで来て結城はずっと気になることを思い出した。

「いや、鍵を使っている者は他にもいる。それは間違いない。あの山縣有朋を操っているのは鍵を使える人間だ。やはり、百匹の猿の現象のごとく、世界の様々な国で私のような存在が生まれているということなのか……」

そして、結城はアメリカを訪れることを考えていた。

スタンフォード大学とコロンビア大学、そしてハーバード大学からも位相幾何学での講演依頼が来ているのだ。

「あの国が世界の終わりを創り出す。繁栄の裏面で着々と世界の終焉《しゅうえん》へのアルゴリズムを動かしている」

そして、そのアメリカを支配するバーナード・ホルムズという男に会ってみたいと思うのだ。

「ホルムズを傀儡とするか……どうするか。思った通りの男であれば傀儡とするよりも少し指導してやって好きにやらせる方が面白いか……。人類の歴史に終止符を打つ時が思わぬほど早まるやもしれん」

そこまで考え、改めてそばにいる男を見た。

男はずっとノートに見入っている。

「どうだ？　順造。落ち着いたか？」

結城は優しく声をかけ、ノートを男の手から取り戻した。

男は何とも爽《さわ》やかな表情になって言った。

「はい、叔父上。凄《すご》く良い気分です」

結城は微笑んで頷いた。

「で？　順造。お前の考えた新しい計画というのはどういうものだ？」

その結城の問いに男の目は蜥蜴《とかげ》のように冷たく光った。

「東株（東京株式取引所）を大混乱に陥れます。今、着々と準備を進めております」

「ほう！　それは面白いな。何だ？　今の天井知らずの相場を暴落に持って行って儲《もう》けようというのか？」

男は薄気味悪い微笑みを浮かべながら首を振った。

「いえ、違います。相場操縦などもう古い。これまで傀儡がやっていたそんなやり方とは全く違うものです。ある意味、相場の力よりも強いもの……為《な》す術《すべ》のないものを使って混乱をもたらし、がっぽりと稼がせて貰います」

結城は満足そうに頷いた。

「それは楽しみだ！　さすがだ、順造。私の甥だけある。それで一体何を使う？」

男は自信ありげに続けた。

「法律です」

結城は驚いた。

「法律を使って取引所を混乱させるだと？　これは面白いな。確かにこの世で最も強いものが法律だ。社会を安定させるためにあるのが法律だ。それを使って社会を混乱させられるのか？」

「はい。どんなものにも穴はあります。その穴を見つけました。取引所が存在していることの法律の穴です。そこを突きます」

結城は感心して言った。

「さすがに東京帝国大学法学部を首席で卒業しただけのことはある。お前の法律の知識は下手な学者や法曹でも敵わんからな」

男は頷いた。

「私には見えます。法律を知り尽くすとそこに様々な陥穽《かんせい》があることが分かっていきます。法律は味方につければ強い。これほど強いものはない。そして、その法律の穴を知ることで簡単に社会に混乱を与えることが出来るのです。法律という人間が作ったものの限界がそこにある」

結城は満面の笑みとなって言った。

「あらゆる存在に法律が関係する。法治国家とはそういうことだ。だが、逆にその法律が陥穽を見せる時、大きな混乱が起こる……そういうことか？」

男はニッコリと笑顔になった。

「見事だ、順造。見事なアルゴリズムだ。お前を甥に持ったことを誇りに思うぞ。これまで我が組織にそれだけのことを考えついた者はおらん」

男は何とも良い表情になって言った。

「叔父上のお褒めに与《あずか》り光栄です。しかし、人間を支配しているものを知ると……法治国家を標榜《ひょうぼう》する国を支配する法律を知ってしまうと、治められている存在、つまり、人間や組織、そして国家というものがいかに脆《もろ》いかが分かります」

結城は男の言葉を聞きながら心の裡《うち》で思っていた。

「この男、予想以上の傀儡になりそうだ。頭脳の明晰《めいせき》さに加えて豊富な専門知識、それを私の命令に見事に統合させる能力がある」

そして、その男を傀儡にした時のことを考えていた。

結城が闇の組織の傀儡候補の中から選んだのが、東京帝国大学・法学部の助教授であったその男だった。

男は夏季休暇中に趣味の登山で槍ヶ岳《やりがたけ》への登頂途中に滑落、死亡したことになっている。

組織が用意した替え玉の死体は激しい滑落で姿かたちをまともに留《とど》めていなかった。

男の葬式が行われている頃、組織に拉致《らち》された男は闇の沼でうごめいていた。

どろりとした液体に自分の身体が浸《つ》かっているのは分かるが……全く何も見えず何も聞こえない。

時間と空間の感覚がない中、ただただ恐怖に苛《さいな》まれて半狂乱となって叫び続けた後、男は気を失った。

何時間経ったのか、何日経ったのか……全く分からない。

男が気がつくと今度は壁も床も天井も真っ白な部屋の中に寝かされている。

光が四方八方から男を満たすようにしてやってくる。

男は記憶を失い、自分が誰なのか分からなくなっていた。

ふと気がつくと白い表紙の大判の本が置かれている。

男は頁《ページ》を開いた。

そこには見たこともない記号が複雑な羅列で描かれていた。見入っていく裡にその記号は溶けるようになくなり、記号に替わって映像が本の中から浮かび上がって来る。

「これが……私の本当の人生なのか……こんな恐ろしく悲しい過去があったのか……」

男は夢中になって頁を繰っていく。

ふと気がつくと男の隣に初老の背広姿の男が立っている。

「あなたは？……」

「私だ、順造。お前の叔父だ」

男は結城にしがみついた。

「叔父上ーっ！　怖かった……怖かったぁ!!」

結城は男の頭を優しく撫でながら言うのだった。

「順造、もう大丈夫だ。私がそばにいる。もう、何も怖がることはない」

「私は……私の全てと運命を知りました。これから叔父上について参ります」

それを聞きながら闇の帝王は笑みを浮かべるのだった。

◇

「それにしても、相場の勢いは凄いですね」

狂介は寺田昇平と東京株式取引所で活況を呈する立会《たちあい》を見ながら言った。

「ええ、天井知らずとはこのことです。日露戦争後の長い低迷が嘘のようです」

狂介が周りを見回すとそこには場違いな雰囲気の人間たちが大勢いる。

勤め人や商人、そして学生服姿も少なくない。中には主婦とおぼしき女もちらほら見えるのだ。

「狂介さまがお留守だったこの一年で株への投機がこの国では当たり前のようになってしまいました。日本のあらゆる人間が株を買っているといったようなのです」

狂介は頷いた。

「経済状況を見れば当然ですね。世界大戦が始まった時に故井上馨卿《きょう》が『天祐《てんゆう》だ！』と言った通りの結果ですよ。漁夫の利とはこのことです」

その狂介の言葉に寺田が加えて言った。

「兎《と》に角《かく》、どんなものを作っても輸出できるのですからね。戦後も復興需要でその輸出に陰りが見られない」

狂介がそこで苦笑した。

「昇平さん、欧州で〝メイド・イン・ジャパン〟というのは〝安かろう悪かろう〟と同じ意味なんですよ」

寺田は驚いた。

「本当ですか⁉　それは何だか恥ずかしいですね」

「その通りなんです。粗製濫造《そせいらんぞう》で儲けるのは良いが……商売で日本という国の評判を下げているのは上手くない。地球の反対側で一度ついた評価をひっくり返すのは至難の業ですからね」

その言葉に厳しい表情になった寺田に狂介は続けた。

「まぁそれでも、大正という時代になって八年でこの国の国内総生産は三倍になったのですから……ある意味、今は成金国家となったことを謳歌《おうか》するのは仕方がない。でも、ここから真の大国へ、国民も産業も成熟して行けるかどうかですね」

寺田は頷いて言った。

「先日の新聞にもその成金ということを揶揄《やゆ》して書いておりました。『国家の成金となる場合、いかで個人のみ成金とならぬ道理のありや』と……」

狂介は周りを見回して笑った。

「これだけの株投機人気なんですものね。まぁ、これがまた景気を上げていく。経済の好循環の最たるものです。でも……天井は近いですね」

その言葉に寺田がピリッとなった。

「そう思われますか？」

小声になって寺田は訊ねた。

狂介は頷いた。

「来年の春……おそらくその辺りでしょう」

「では、そろそろ売りに入られますか？」

狂介の目がその言葉に光った。

「ええ、今年一杯で買い持ちを全て売ります。そして、来年に入ってから売り持ちにしていくつもりです」

寺田は腹に力が入るのを感じた。

「狂介さま本来の売り相場ですね」

そう力強く言った。

その言葉に狂介もしっかりと頷いた。

「ですが……その前に守秋の記憶を取り戻したいですね。闇の組織の全容を知りたい。奴らが何をしようとしているのか。この好景気の中で何かが着々と進んでいる気がするんです」

寺田はその狂介の言葉に不安げな表情を見せた。

「とんでもないことが起こるのでしょうか？」

「そうですね。思いもしなかったことが起こる可能性はある。ただ私の相場の邪魔はさせない。絶対にそれは阻止する。そのためにも何とか守秋を覚醒《かくせい》させないと……」

「何か手があれば良いのですが……」

「あの男の精神に掛っている鍵を外せる人間……」

そう呟いて狂介は遠くを見つめるような表情になった。


その日の夕方。

狂介は九鬼周造《くきしゆうぞう》を麴町《こうじまち》の邸宅に訪れた。

そこでは九鬼の新婚生活が始まっていた。

「君には色々とお気遣い頂き恐縮している」

九鬼は慇懃《いんぎん》に礼を言った。

狂介は結婚祝いとして欧州で買い求めた様々な高価な調度品や食器を贈っていた。

「礼には及ばんよ。君と僕の仲じゃないか」

そういう狂介に九鬼は本当に感謝をしていると言った。

「ところで、どうだい新婚生活は？」

九鬼は少しはにかんだ表情を見せながら、

「思ったより悪いものではないね」

と言った。

狂介は笑った。

「何だい？　それは結婚して良かったと受け取っていいのかい？」

「まぁ、それは君に任せるよ」

「何だい、それは」

二人は笑った。

そこへ、九鬼の妻、縫子《ぬいこ》が紅茶を運んで来た。

縫子は狂介に対して祝いの品の礼を丁寧に述べると直ぐに下がっていった。

「綺麗な人だね。周さんが新婚生活を楽しんでいるのが分かるよ」

そう笑顔になって言った。

「何もかもに過不足のない妻だよ。でも……」

と言いかけて九鬼は黙った。

狂介は敢《あ》えてそこを訊《き》かなかった。

新妻といっても兄の未亡人であり、二人の子供もいる。

その事実を思うと九鬼の心の奥底にどんなわだかまりがあるかは察しがつく。

狂介は話題を変えた。

「周さん。妙なことを訊ねるんだが……」

狂介はそこで守秋のことを九鬼に訊ねてみた。勿論《もちろん》、そんな男を自分が匿《かくま》っていることなどは曖《おくび》にも出さず第三者的な立場としての質問だ。

狂介は九鬼の持つ天才性が鍵へのヒントをくれるのではと思ったのだ。

「ほう、人間の記憶を入れ替えて、別人にしてしまう。そういうことが可能かということだな。一体、どのようにすればそんなことが出来るか……」

九鬼はその質問を面白く受け留め、暫く考えた。

そして、思いついたという風になって言った。

「狂さん。これは哲学の根本命題に通じていると思う。つまり、人間とは何か？　という問題だ。我々は今、意思を持っている。しかし、一体人間がいつ意思を持つに至ったのかは分からない。動物は本能で生きている。つまり、生存本能のみの存在だ。人間も意思を持つ以前は動物としてそれと全く同じ存在だった筈だ」

狂介も考えた。

「なるほど、どこで人間は意思を持って人間となったか、ということだな？」

九鬼は頷いた。

「そうだ。意思とは何か？　ふつう我々は意思を各々の自由になるものと考えるが、本当にそうなのか？　そう、今僕が言ったように、意思は本当に自由なものなのかどうかに、今の問題の鍵があるんじゃないかな」

「我々の意思は決して自由なものではない、ということか……それは、相場をやっている人間からすると理解が出来るな。まるで相場という制度、技術に奉仕しているように自分が出来ているように思うからね」

そこで九鬼の目が光った。

「君は今、奉仕と言った。そうだ……そこだ！　そこに鍵がある!!」

九鬼は大きな声を出した。

狂介も九鬼の言いたいことを理解していた。

「奉仕……何かに仕えること。食物連鎖に見られるようにこの世界の生物のあり方は元々合理的に出来たものだ。それは、見方を変えると順々に奉仕しているようにも見える。その連鎖から人間は意思を持つことで飛び出したように見えているが、それが錯覚だったとしたら……」

九鬼の表情が厳しくなった。

「そうだ。我々が無意識の裡に奉仕しているものがあるんだ。つまり、動物の本能や人間の意思を支配しているものがある。だから、人間の記憶は書き換えることが出来る。そうとしかこれは考えられない」

その九鬼の言葉に狂介は心の裡で深く納得した。

「さすがは周さんだ。これは大きなヒントを貰ったぞ！」

第三話　呪縛からの解放

シベリア、トボリスク県チュメニ郡ポクロフスコエ村近くに駐屯を続ける陸軍特務部隊は撤収に向け動きが慌ただしくなっていた。

作業する者たちが、『門《ゲート》』と呼ぶものが完成したのだ。

それは特殊な鋼鉄で出来た直径一メートルほどの正十二面体の物体だった。

それぞれの面からは二本ずつの赤と青のケーブルが出ている。

それが『門』を生き物のように思わせた。触手のようなのだ。

『門』は二重の木箱に宝物を封印するように慎重かつ厳重に梱包《こんぽう》された。

そして、またソ連軍の軍用トラックがやってきた。

中からウスシーロフが降り立ち、出迎えた赤根早人と握手を交わした。

「遂に完成したのですね。兄弟、赤根早人」

「あぁ、出来上がった。後は『鍵』の完成を待つだけだ」

ウスシーロフは頷いた。

「我々が地下宮殿で教えられた通り『門』はあの場所に保管するのだな?」

赤根早人は訊《たず》ねた。

「はい。『鍵』の製造場所に近く、誰にも決して知られることのない太古の『蔵』です。そして今、『蔵』のある国には……どの国も決して侵略することが出来ないようになっています」

ウスシーロフはそう言って微笑《ほほえ》んだ。

「ただ、運び込むのは難作業となりそうだな」

「承知しています。そのための人間を現地で訓練しておきました。ぬかりはありません」

その言葉に赤根は頷《うなず》いた。

「兄弟を信頼している。では、一足先に出発してくれ。私は部隊を移動させてから直《す》ぐに追いかける」

「いつ頃の到着になりそうですか?」

「遅くとも二週間以内には合流する」

ウスシーロフは頷いた。

「『蔵』の開錠・施錠には我々二人の力が必要です。お待ちしています。兄弟」

ウスシーロフは赤根と力強く握手をした。

そうして、『門』は慎重にトラックの荷台に運び込まれた。

ウスシーロフが助手席に乗り込むと窓越しに赤根に告げた。

「では、マイリンゲンで……」

赤根は目だけで挨拶《あいさつ》をした。

帝国陸軍・特務部隊全員が敬礼してそれを見送った。

トラックが視界から消えると赤根は部隊に直ぐ最終作業に掛るよう命じた。

隊員たちは無駄なく素早く機械のように動く。

そうして、全ての建物に爆薬が仕掛けられると全員が素早く退避した。

赤根はそれを確認してから命じた。

「爆破！」

凄《すさ》まじい轟音《ごうおん》と共に全てが一瞬で瓦礫《がれき》の山と化した。

それを見届け、赤根は新たに号令した。

「これより、我が部隊は満州に移動する。彼の地での『門』製造の基盤を作る。それによって光の宮殿をこの世に甦《よみがえ》らせるのだ！」

次の瞬間、鋭く揃《そろ》った勝どきの声が部隊から上がった。

全隊員の目はこの世のものとは思えない異様な光を放ち続けていた。

部隊は満州への移動を開始、五日後に到着すると、直ぐまた作業に掛った。

疲れを知らぬ隊員たちの肉体は覚醒《かくせい》した者だけに与えられた特権であった。

しかし、それは……地下宮殿の奴隷の証《あかし》でもあったのだ。

赤根早人は満州での作業開始を見届けると直ぐに西へ向かった。


「アッ！」

アンナ・シューリヒトは突然声をあげた。

ウィーン自然史博物館の標本室で作業をしている時だった。

周りに人はおらず、アンナの異変には誰も気づかなかった。

アンナはハッキリとその光景を見た。

あの地下宮殿の上での爆発を見たのだ。

「アンナさん」

庶務の人間が標本室に入って来た。

「お電話です。ユングさんと仰《おつしや》っています」

アンナは直ぐに電話に向かった。

「見ましたか？」

電話口のカール・ユングは興奮してそう訊ねて来た。

「はい、見ました。確かにあの宮殿の上です。凄い爆発でした」

「やはり、あなたも見ていた……い、一体、何が起こったのでしょう？」

ユングの声は震えている。

「分かりません。ですが、何か大きなことが進んでいるのが分かるのです。そして、何かひとつ準備が済んだような……そして」

「そして？」

「あの人が……ミスター赤根がこちらに向かってくるのを感じるんです」

ユングはアンナの言葉に驚いて言った。

「アンナさん、あなたのその感覚を頼りに、彼を見つけましょう。その日本人が鍵を握っている。何だか分からないが、途轍《とてつ》もなく大変なことが起ころうとしている」

そのユングの言葉にアンナも同意した。

「その通りです、先生。何か恐ろしいことが始まろうとしています。あぁ、この前にあの宮殿に行くことが出来ていたら……」

ユングとアンナはシベリアの地下宮殿に向かう計画を立てた。

しかし、ソビエト軍と反革命軍との戦闘や連合国の出兵などで混乱し危険なシベリアに渡ることは不可能だったのだ。

二人は諦《あきら》め、それぞれの日常に戻らざるを得なかった。

それから一年が過ぎていたのだ。

ユングは訊ねた。

「アンナさん。あなたの感覚ではミスター赤根はどこに向かっていますか？　映像が浮かびますか？」

その言葉でアンナは目を閉じ赤根を思った。

「み、見えます！　見える……あぁ！　でも、でも……あぁ、ジルダ！　ジルダ!!」

そう言ってアンナは意識を失い倒れてしまう。

庶務の人間が慌てて駆け寄った。

「もしもし、アンナさん？　アンナさん、どうしました？　もしもし……もしもし」

受話器からはユングの声が響いていた。


「一体、君は何をやっているんだ？」

ジークムント・フロイトのその言葉にユングは黙ったままだった。

ユングはアンナの異変を受けてスイスから直ぐにウィーンに急行していた。

アンナは病院で眠り続けていた。

枕元にフロイトとユングが立っている。

「私とアンナさんは共に大きな発見をしました。それを、これから確かめるつもりだったのです」

ユングは具体的なことをフロイトには一切告げずにそう言った。

「だから、それは何なのだ？　治療の過程で患者を危険にさらしてはいかんと私は言ってるんだ。君は分かっているのか！」

フロイトは語気を強めた。

ユングはただ黙っていた。

「アンナは途轍もない心の傷を隠して生きている。その記憶を失うことでやっと生きているのだ。それを、今回も恐らく抉《えぐ》り出すようなことをしたのだろう？　だからまたこの状態に陥ったに違いない」

そのフロイトの言葉にユングは反論せず考えた。

「あの時、電話で彼女はジルダと叫んでいた。赤根という日本人がどこに向かうかを見ようとして彼女はジルダを見た。何故だ？」

フロイトの叱責《しっせき》は続いていたが、ユングの耳には入っていなかった。

「何故だ？　何故、そこで彼女はジルダを見たんだ？　彼女の覚醒の度合いからすれば過去のトラウマとそこで出逢《であ》うことはない筈《はず》だ」

そこまで考えてユングは閃《ひらめ》いた。

「ライヘンバッハの滝だ！　アンナが映像として見たのは、きっとライヘンバッハの滝だったんだ！　それでジルダが現れた。滝に飛び込んだジルダが……。赤根という日本人はライヘンバッハに向かっているのだ！」

ユングが突然表情を変えたのでフロイトは驚いた。

そのフロイトに向かってユングは言った。

「先生、ここは私に任せて下さい。全てやり遂げてみせます。必ずアンナさんの健康な精神と身体《からだ》を取り戻して見せます。私のやり方で……」

フロイトはそのユングの言葉に怒りで震えた。

「い、いいか！　これで貴様とは完全に縁を切る。貴様は私の弟子だったこともない！　分かったな！」

そう捨て台詞《ぜりふ》を残してフロイトは病室を出て行った。

ユングはアンナを覚醒させた。

「あっ！　ユング先生。ここは？」

ユングは全てを説明し、優しく微笑んで言った。

「アンナさん、分かりましたよ。ミスター赤根と会える場所が」

アンナの顔が輝いた。

「本当ですか？　どこです？」

「スイスの、ある場所です。でも、そこであなたはあなたの人生を賭《か》けた勝負をしなければいけない。あなた自身の問題解決のために」

アンナはユングの言わんとすることが分かるような気がした。

「いずれにせよ、そこでミスター赤根と会えるのですね？」

アンナの問いにユングは頷いた。

アンナは身体の奥から力が湧《わ》いてくるのを感じた。

◇

『門』を乗せたトラックは一昼夜走り続け、ソビエト・ロシアの支配する地域に入り、軍用列車の待つ駅に着いた。

「ウスシーロフ同志、お待ちしていました」

駅にはソビエト軍将校の軍服姿の男が待っていた。

「直ぐに出発する。ルートの確保は大丈夫だろうな？」

「はい。黒海沿岸まで鉄道で進みオデッサから船となります。エーゲ海、地中海を経由しイタリアからは陸路、スイスに入ります。現在最も確かで安全なルートです」

ウスシーロフは頷いた。

「早ければ五日、遅くとも七日で着くな」

「はい。天候は概《おおむ》ね良好の予想です」

そうして『門』は順調に目的地に向けて運ばれていった。

『門』がイタリアに上陸した頃、赤根早人は満州を発《た》って軍用車と鉄道を使いながら西へ向かっていた。

背広姿の赤根はソビエト領内ではキルギスからのソビエト評議会員を装い、連合国の領内に入ると日本の外交官として順調な移動を続けた。

赤根が地下宮殿の僕《しもべ》となってからは、明晰《めいせき》な思考は全て一つの目的に沿ってしか行われていなかった。

「光の宮殿を創《つく》るのだ。太平洋を火の海にして浄《きよ》め、宮殿を建設し、父上をお迎えする」

その言葉だけが頭の中で繰り返されている。

過去の記憶は封印されたままで、今の思考には一切関わることがない。

赤根の乗った列車はスイス国境を越えた。

目は異様な光を放ち続けている。

その赤根の瞳《ひとみ》にアルプスの山並みが映し出された時だった。

赤根の耳に微《かす》かながら声が聞こえたのだ。

「！」

赤根は驚いた。それは、父、ラスプーチンのものではない。

「女の……声がする」

僕となっている地下宮殿に所縁《ゆかり》のものとは異質のどこか温かみのある声だ。

それは、次第にハッキリとしてきた。

「俺を……呼んでいる」

ミスター赤根……ミスター赤根……

そう呼んでいるのだ。

すると赤根の頭の中にあるイメージが浮かんだ。

薄暗く天井の高い建物の中で化石の紋様を眺めている自分……そして、霧の中を歩いている自分……。

「誰かが霧の中から現れた……あれは」

そう思ったところで突然、涙がこぼれた。

「何だ？　これは一体何だ？」

赤根はその涙に動揺した。

そして、助けを求めて、父ラスプーチンを想起しようした。

さぁ……もういいのだ。思い切り泣け……

何度もその声が聞こえる。

しかしそれは、ラスプーチンの声ではなかった。

源次郎《げんじろう》……源次郎……

隊長……奇兵隊、赤根隊長……

ミスター赤根……ミスター赤根……

様々な声が頭の中でこだまし、涙がとめどもなく流れ落ちる。

「何だ？　一体、何なのだ？」

赤根は混乱の極みとなり、意識を失った。


アンナ・シューリヒトとカール・ユングはウィーンを発ってスイスに向かった。

列車の中でアンナは興奮していた。

「ミスター赤根に会える。ミスター赤根に！」

アンナはユングから到着するまでは赤根のことを深く思わないように注意されていた。

それでも嬉《うれ》しくてその名を思わず呟《つぶや》いてしまう。

ユングは、アンナが心の奥底に閉じ込めた記憶が現実となって出てくる時が全ての勝負だと思っていた。

「アンナはあの化石盤によって心の正の部分は覚醒している。負の部分、それが表に出る時、アンナの全能力が覚醒する。そこで一体、何が起こるかだ」

アンナに赤根と会える場所がライヘンバッハの滝だと告げても、アンナはただ、そうですかとしか返事をしなかった。

その場所に自分が過去行ったことも、そこで大変な事件が起こったことも現実の世界では忘れているのだ。

「だが、覚醒の能力を持っている今、赤根を思うだけで、ライヘンバッハの滝での負の記憶と繋《つな》がってしまう。今まだ負の領域に閉じ込められている深い傷と繋がるのはまずい」

そう洞察してアンナには注意をしていたのだ。

二人はスイス中央部、ベルナーオーバーラント地方に位置する町、マイリンゲンに向かっていた。

アルプスへの入口にあたる町で交通の要所でもある。ライヘンバッハの滝へはそこから向かうのだ。

ユングは改めて考えていた。

「赤根は一体、何をしようとしているのか？　そして、私たちは何をしようとしているのか？　人間の集団的無意識に繋《つな》がる大きなことに関わろうとしていることだけは全身全霊で感じる。私自身が化石盤によって覚醒して以来、様々な思念がどこからかやって来て私の直感や洞察を深くしている」

ユングはその力を信じ、これから起こる重大な出来事と対峙《たいじ》しようと強く思っていた。

マイリンゲンの町外れ、酪農家の大きな納屋の前に二台のトラックが止まった。

大勢の男が荷台から降りて来て、もう一台のトラックから積み荷を運び出した。

二つの木箱は非常に重いのか神輿《みこし》のように木組みに載せて六人がかりで下ろされ、納屋の中に運び込まれた。

長い金髪を風になびかせた美青年がその作業を厳しい表情で見詰めていた。

そして、納屋の扉に厳重な鍵が掛けられると笑顔になった。

「無事、ここまでは来たな」

ウスシーロフは呟いた。

「あとは兄弟、赤根早人の到着を待つだけだ」

ウスシーロフは男たちに解散を命じ、次の指示まで宿舎で待機するよう告げた。

男たちがトラックで去った後、ウスシーロフは乗用車に乗り込んだ。

ウスシーロフはハンドルを握りマイリンゲンの町を目指した。

「兄弟、赤根早人が恐らくあと三日で到着する。それで、『門』の準備は完了だ」

ウスシーロフは助手席に置いてある日本刀を握った。

あの赤根早人の忍者刀だ。

「兄弟の魂と大勢の人間の血が染み込んだこの刀、これが『門』の封印には必要なのだ。

これも全て……父上の定めた通り」

そう言って微笑んだ。

アンナとユングもマイリンゲンに到着した。

二人はコテージ風のホテルにそれぞれ部屋を取った。

「ミスター赤根もマイリンゲンにまずやって来る筈です。おそらくあと二日後……私の感覚がそう言っています」

ユングはアンナのその言葉に頷いた。

「山登りのための道具を揃えなくてはなりません。アンナさんもお願いします」

二人は町に出て登山着や登山用具を買い求めた。

大きな荷物となったそれを手に提げて二人がホテルに戻る途中だった。

「！」

二人同時にある男に目を留めた。

長い金髪の美青年がこちらに向かって歩いて来る。

二人は同時にその美青年から目を伏せた。

通り過ぎた時にユングが言った。

「あの男……今の美しい青年。分かりましたか？」

アンナは頷いた。

「感じました。凄く恐ろしいものを……きっとまた会いますわ。そして、あの人からミスター赤根を感じました」

そう言うと気を引き締めた。

それから二日後の早朝。

赤根早人はマイリンゲンの駅に降り立った。

「…………」

その顔はどこか疲れていた。

「俺は……ここで何をしようとしている？　いや、疑問は不要だ。父上のご指示通りに動けばいいのだ。俺は父上の僕だ」

そんな葛藤《かっとう》を赤根は繰り返していたのだ。

プラットフォームにはウスシーロフが待っていた。

運命の日がやって来たのだ。

その日、真っ赤な朝焼けにアルプスが染まっていた。

◇

アンナ・シューリヒトは朝、ベッドの中で目を覚ました。

「来た！　ミスター赤根がやって来た！」

そうして飛び起きた。

「感じる！　あの人をすぐそばに感じる」

アンナは飛び出して行きたい衝動に駆られるのを必死で抑えた。

「今夜、今夜あの人に会える」

そうして、荷物の中から第一の化石盤の入った袋を取り出した。

「これであの人を私が取り戻す。必ず取り戻す」

改めてそう強く誓うのだった。

そして、支度を始めた。

アンナとユングは朝食をとると山登りの装備を整え、ライヘンバッハの滝を目指して出発した。

「我々が感じるように彼らがやって来るのは夜中を過ぎた頃でしょう。それまでは見つからない場所にビバークして待つことになります」

ユングはそうアンナに説明している。

二人分の寝袋も用意していた。

アンナはユングと共に山道を歩きながら、不思議な感覚に襲われていた。

「何故だろう？　この道は前にも歩いた気がする……いえ違うわ。これは化石盤の能力の所為《せい》だわ！」

アンナはまだ自分が封印した記憶に気づかずにいた。その道は嘗《かっ》て確かにジルダと歩いた道だったのだ。


赤根早人はウスシーロフとマイリンゲンで落ち合った後、クルマで町外れの酪農家まで移動した。

「今夜は新月で月はありません。真夜中、『蔵』の中に『門』を運び込み封印します」

ウスシーロフの言葉に赤根は頷いた。

「こうしてユーラシア大陸に一つ、そして地球の裏側に当たる太平洋上にもう一つ……。『門』を設置すれば光の宮殿を建立《こんりゅう》することが出来る。この世の全てが炎で浄化され、その後、光の宮殿が現れ、父上が真の姿で甦る」

赤根の法悦に満ちた言葉にウスシーロフも恍惚《こうこつ》の表情を浮かべた。

クルマは納屋の前に着いた。

二人はクルマから降り、ウスシーロフが鍵を外し扉を開けた。

木箱に保管されているにも拘《かか》わらずそれは異様なエネルギーを放っていた。

「『鍵』の完成はいつ頃になる？」

赤根は訊ねた。

「やはり、数年は掛るでしょう。最高最新の技術でもそれが精一杯です。ですが……」

そう言ってクルマに戻り、トランクを開けて小振りのジュラルミンケースを重そうに取り出し、赤根の前まで運んで置いた。

それを見て赤根が笑みを浮かべた。

「そうだ。これがあれば『門』だけで欧州の小国くらいは一瞬で灰になるのだったな」

その赤根の言葉に頷きながらウスシーロフはケースを開けた。

中にはテニスボールほどの大きさの鈍く光る金属の球が入れられていた。

「これは嘗てオフラーナが依頼しポーランドの研究施設で作らせたものです。一つはシベリアでの実験で使用され、もう一つがここに……」

それはウラニウムの塊だった。

「『門』は『門』でなければ意味はないが、これがあれば……現代の最新最強の兵器となるのだったな」

ウスシーロフは頷いた。

「これは実験用よりも純度の高いものです。使用すれば英国の半分が灰になるほどの威力はあります」

「これも『蔵』に保管しておくのか?」

「そのつもりです」

赤根は少し考えてから言った。

「兄弟、それは君が預かっておいてくれ。これから光の宮殿が出来るまでの間にどんな不測の事態が起こるか分からん。その時、これを切り札に使える可能性がある」

ウスシーロフは赤根の言葉に納得した。

「兄弟、赤根早人のお考えに従いましょう」

そう言ってウスシーロフはケースを再びクルマのトランクにしまった。

「準備は滞りなく?」

「はい。午後八時に十二名がこちらに集合します。二交代制で運んで午前三時には『蔵』に到着する予定です。万一のため半数に拳銃《けんじゅう》は携帯させます」

「了解した」

その夜。

アンナとユングはライヘンバッハの滝の上にまで到着し焚火《たきび》で暖を取っていた。

瀑布《ばくふ》の重い水の音が下から響いて来る。

「一体、何がここで行われるのでしょう？」

ユングはアンナに改めて訊ねた。

「私の感覚が正しければ、何かをこの滝に隠すように感じます。この滝のどこかにそんな場所がある。それを感じるんです」

「そこは、あの化石盤や映像として浮かぶシベリアの地下宮殿と同じように太古に作られたものなのでしょうね」

ユングの言葉にアンナが頷いた。

「何かのために、とても大きな何かのために準備が進められている。それを思うととても怖い。先生はいかがです？」

「私も同じです。化石盤が伝えてくる様々な想念の中でもそれは特別なものがあります。全ての終わりのような、全てを消し去るような……」

焚火の炎に揺らぐユングの顔は不安そうな表情を強めていた。

「そうなんです。だから、ミスター赤根をここで取り戻さないといけない。そう強く感じるんです」

アンナは強くそう言うのだった。

「もう直ぐです。恐らく真夜中を過ぎて夜明け前に彼らはやって来る。そこで……」

と、そこまで言ってユングは思った。

「そこで……一体、何が起こるんだ？　我々はどうなるんだ？」

そして、改めて思うのだった。

「全てはアンナに掛っている。いや、アンナの行動に、その心の奥底にあるものに賭けるしかない。このライヘンバッハの滝で彼女が大きな心の傷を負ったのは偶然ではない。今日この日のために用意されたことだったのだ。そう信じて待とう」

『門』を運搬する一行は順調に山道を進んでいた。

全く灯《あか》りを点《つ》けないにも拘わらず、全員が獣のように夜目が利く。

月のない星空の下、真昼のように進んで行くのだ。

「…………」

真夜中を過ぎた頃、滝の音が聞こえて来た。

「近いな」

「はい」

六人ずつの運搬チームは一時間ごとに交代する。『門』を護衛して山道を登る交代要員の腰には大型の軍用拳銃が提げられている。

『門』の重さは尋常ではない。

運搬員全員の肩にその重みは食い込み、屈強な男たちが一時間後には疲労困ぱいとなる。

しかし、目的地はすぐそこだった。

彼らは滝の中腹にまで登った。

そこから滝を迂回《うかい》して上まで登る道と滝の裏側を通る岩盤を穿《うが》った細い道に分かれている。

一行は赤根を先頭にして滝の裏側への道を慎重に進んで行った。

道を踏み外せば滝底に真っ逆さまに落ちる。

男たちは大きな声を掛け合いながら進んだ。

流れ落ちる水の轟音が全てを掻《か》き消してしまう。

赤根と最後尾のウスシーロフは手振りで会話した。

赤根は合図を送った。

「ここだ」

そこで全員が止まった。

滝の上からアンナとユングは、彼らが上がって来るのを見ていた。

二人とも化石盤の力で昼間のように全てが見えていた。

「中腹で止まったようですね」

「そうですね。先生、我々も降りてみましょう」

赤根早人は滝の裏の岩壁を両手で探るようにしながら、しきりと動かしていく。

「これだ！」

それは山の岩盤にしか見えないが金属で出来ているのが赤根に分かった。

ウスシーロフもやってきて赤根の横に身体をピタリとつけると同じように両手で岩壁を探った。

「！」

ウスシーロフも探り当てた。

「いいな！」

赤根の言葉で二人はあらん限りの力を込めて岩壁を押した。

二人の目はそれまでないほど強い光を放ち、全身から途轍もないエネルギーが溢《あふ》れているのが分かった。

そこで二人の出している力は常人の数百倍に達していた。

ビシッ！　と突然、乾いた響きがしたかと思うと岩盤が扉のように動き始めた。

「ンー！」

赤根とウスシーロフは地響きのような唸《うな》り声を上げながらさらに岩壁を押し込んだ。

そうして、『門』を運び込める幅にまで扉が開かれた。

そこが『蔵』だった。

◇

アンナとユングは滝の中腹まで降りて来て、岩盤を穿った細い道への分岐点の陰となるところから様子を覗《うかが》っていた。

「あんな所に洞窟《どうくつ》が？」

アンナは呟いた。

中で松明《たいまつ》が焚かれているのか炎の灯りが揺らめいて漏れている。

「あそこが太古に作られた場所なのでしょう。彼らは何かを運んでいましたが、あの中に運び込んだのでしょうね……」

ユングがそう言ってアンナを見ると姿がない。

「！」

洞窟に向かって歩くアンナの後ろ姿がユングに見えた。

ユングは動けず声にならない声をあげるのが精一杯だった。

「………」

『蔵』の中はシベリアの地下宮殿同様、様々な紋様が壁や天井に描かれていた。

赤根とウスシーロフ以外の男たちはそこで紋様に意識を奪われ立ち尽くしていた。

『蔵』の奥には玉座のような鋼鉄の椅子《いす》が置かれている。

赤根とウスシーロフは二重の木箱を開き『門』を取り出した。

普通の男なら六人がかりで運ぶものを二人は軽々と持ち上げ、玉座に運んだ。

玉座には『門』がピタリと収まるように紋様のような穿ちがある。

そして、背面には十二面体から出ているケーブルを差し込む穴を備えていた。

二人はそれを正確に差し込んでいった。

差し終えると全ては終了した。

『蔵』の外では白々と夜が明けていた。

「これで『鍵』が出来れば、ユーラシア大陸の『門』は開く」

赤根は満足げに言った。

「あの男、アドルフ・ヒトラーがまずユーラシア大陸を火の海にする。そして、満州で作られた『門』が太平洋上に運ばれ、兄弟、赤根早人が太平洋を火の海にして浄めた後、ユーラシアと太平洋の二つの『門』が同時に開かれる。そうして、光の宮殿がこの世に現れ、父上が降臨される」

ウスシーロフはそう言いながら法悦に浸り涙を流していた。

赤根も同様に感涙を流していた。

全てが終わり全員が『蔵』の外に出ると赤根とウスシーロフは扉を限界まで押した。

すると扉は自動的に押し戻されてきて、ピタリと閉じられた。再びそれは岩壁にしか見えなくなった。

ウスシーロフは背負っていたザックの中から赤根の忍者刀を取り出した。

「封印を、兄弟」

赤根は小さく頷いて自分の刀を受け取った。

もとの岩壁に戻った扉のちょうど赤根の腰の位置には穴が穿ってある。

そこに刀を差し込んだ後、柄《つか》のところに拳《こぶし》を打ち下ろし刀を折って埋め込み、封印とするのだ。

赤根の魂と多くの血を吸った妖刀《ようとう》の力で、赤根以外の誰もそこを開けることは出来なくなる。

『鍵』の完成までそれで完全な封をするためだ。

赤根は刀を鞘《さや》から抜くとゆっくり壁面の穴に差し入れていった。

鍔《つば》まで来る少し手前まで差し込むと赤根は柄から手を離した。

そして、振り上げた拳を力一杯打ち下ろそうとした時、思いもかけないことが起こった。

瀑布の音を掻き消して女の鋭い声が響いたのだ。

「ミスター赤根！　最後は137‼」

その言葉に赤根が電気をかけられたようにビクリと静止し声のする方を見た。

そこにはアンナが立っていた。

「最後は137！　ミスター赤根‼　思い出して！」

そう叫んだアンナは何かを赤根に力強く放り投げた。

赤根はそれを両手で受けとめて、見た。

「……アァァァーアーッ‼」

赤根の記憶と意識が一瞬で過去に巻き戻されていく。

赤根が手にして見ていたのは第一の化石盤だった。

「……俺は何をしている？　ここはどこだ？」

地下宮殿でのラスプーチンの呪縛《じゅばく》から赤根は解放された。

その場の全員、突然のことで呆気《あっけ》にとられていた。

「まずい！」

赤根の様子にウスシーロフは気がついた。

「女を！　その女を殺せ!!」

ウスシーロフの叫び声に男たちが反応した。

軍用拳銃を携帯した六人が一斉にホルスターから銃を取り出しアンナに向けた。

だがそこから起こったことはその場の全員が信じられないものだった。

「？」

拳銃を構えた筈の六人の男たちの視界からは拳銃が消え、怯《おび》えて立ち尽くす女の姿しか見えない。

「⁉」

次の瞬間、六人の男たちは自分の身に起こったことを己の肉体の感覚で知る。

「ウワーァァー!!」

六人全員が一斉に恐怖の声を上げた。

拳銃を握っている筈の手はなく手首から鮮血が噴き出しているのだ。

下には拳銃を握った六つの手が落ちている。

そして、彼らの目の前の怯えた女の足もとには、日本刀を構え低い姿勢の赤根早人が眼光鋭く彼らを見据えていた。

「…………」

呪縛の解けた赤根はウスシーロフの「女を殺せ！」の声を聞いた瞬間、身体を鋭く反応させていた。

岩壁に差し込んだ刀を引き抜き、地を這《は》う低い姿勢であっという間に拳銃を構えた男たちの前に回ると、一瞬で六人の手首を下から斬《き》り上げたのだ。

斬られた六人の男たちは呻《うめ》き声をあげ半狂乱となって細い崖道を転げ回ったために、三人が滝つぼに落下していた。

他の六人は逃げ去っていた。

ウスシーロフの姿もない。

アンナはその光景に茫然《ぼうぜん》と立ち尽くしていた。

赤根は立ち上がった。

その目からはあの異様な光は消えている。

「アンナさん……」

赤根は声をかけた。

アンナはそこで我に返った。

「あぁ、ミスター赤根！　ミスター赤根!!」

アンナは赤根にしがみついた。

赤根もアンナを抱きしめた。

「何があったか分からないが……あなたには助けられたようだ。ありがとう、アンナさん」

アンナはようやく赤根と会えた歓《よろこ》びに震えることが出来ていた。

「あぁ、ミスター赤根。心配していました。でも、もう大丈……」

その瞬間、赤根の視界に手を斬り落とした男の一人が拳銃を拾い赤根たちに向けているのが入って来た。

赤根は体を入れ替えて刀を投げた。

「グッ!!」

刀は男の目に突き刺さった。

しかし、銃口はアンナに向けたまま銃が炸裂《さくれつ》した。

赤根はアンナを突き飛ばし、自らもその弾丸を避《よ》けた。

だが、次の瞬間。

「しまった！」

無理な体勢で動いた赤根の身体は滝つぼに向かって落下していた。

「南無！」

赤根は宙に浮きながら死を覚悟した。

「!!」

赤根の身体に衝撃が走った。

それは自分の身体が岩壁に撃ちつけられた衝撃だった。

赤根は右手一本で崖《がけ》にしがみついていた。

轟々たる水の音が下から上がって来る。

「!」

赤根は直ぐに自分の力でその状態でいるのではないことを知った。

誰かがしっかりと自分の右手首を握っているのだ。

見上げるとアンナの必死の形相があった。

「む、無理だ! アンナさん! 手を放せ! あなたも落ちてしまう!!」

赤根はそう叫んだ。

「ンーッ!!」

アンナは必死で赤根の身体を引き上げようとしたが身体がじりじり下に持って行かれる。

「放せ! アンナさん!! 手を放すんだ!」

赤根は叫んだ。

アンナは目を開いて赤根を見た。

「ミ、ミスター赤根!! ミスター赤根!!」

そうアンナが叫んだ瞬間、アンナの目に飛び込んできたのは赤根ではなくジルダの姿だった。

ジルダはアンナを見上げながら言った。

「どうする、アンナ？　今度は一緒に落ちてくれるの？　一緒に死んでくれるの？」

「ジルダ!!」

赤根は叫んだ。

「放せ!!　手を放すんだ！」

「どうする？　どうするの……アンナ？」

アンナの耳にはジルダの声と赤根の声が交互に響いていた。

その時、アンナの目が異様な光を放った。

アンナの心の奥底に封印されていたものが現れたのだ。

「全てを……思い出した!!」

ちぎれそうな腕の感覚と滝の轟音、それが忌まわしい過去の封印を解いたのだ。

「あなたは、あなたは死なせない！　ミスター赤根!!」

赤根がそのアンナの叫びを聞いた瞬間。

「な、なにっ!!」

赤根は自分の身に起こっていることが信じられなかった。

物凄い力で自分の身体が引き上げられる。

見上げるとアンナの冷静な顔がそこにあった。

「まさか‼」

そう思った時には赤根の身体は崖の上に引き上げられていた。

途轍もない力を発揮し放心したようになってアンナは座り込んでいた。

赤根は荒い息を吐きながらアンナの身体を後ろから抱きしめた。

「あなたには二度助けられた。アンナさん。言わせてくれ、私はあなたを愛している！」

アンナは黙ったまま、その言葉に滂沱《ぼうだ》の涙を流した。

溢れる涙の向こうに、笑顔のジルダが天に昇っていくのがハッキリと見えた。

◇

赤根早人とアンナ・シューリヒト、そしてカール・ユングの三人はその日の午後、マイリンゲンのホテルに到着した。

ユングは自分がその日の朝見た光景が信じられない。

「こんなことがあるなんて……」

赤根早人の目にも止まらぬ動きで刃が光った一瞬のうちに、六人の男の手首から血飛沫《ちしぶき》が上がるのを崖の陰から見ていたのだ。

そして、アンナが赤根早人の身体を腕一本で引き上げるという目を疑う姿も目撃した。

「人間には無限の力が秘められている！」

ユングは改めてそう思っていた。

そして、アンナは自分の過去の全てを思い出すことが出来ていた。

ジルダとの心中事件の一部始終を思い出し、心の闇に光が入ったことでアンナの病は完治した。

赤根はまずユングから説明を聞いていた。

ユングとアンナの化石盤による覚醒と、地下宮殿を巡る謎を巡っての二人の活動についてだ。

「しかし、そこに一体何があるのかは私には分かりません。あのライヘンバッハの滝でも何が行われたのか……ミスター赤根、ぜひ全てを教えて下さい！」

ユングは懇願した。

赤根は口を開いた。

「私はずっとあの地下宮殿の存在に洗脳されていました。その間のことはまるで霧が掛ったようなのです。全てが朧《おぼ》ろげで……断片的な記憶しかない。お恥ずかしいですが、一体自分が何をしていたのか分からないのです」

ユングは何とも残念だという風に首を振った。

赤根はユングの資料を見て初めてラスプーチンが暗殺されたことを知った。

「あの男が死んだ……信じられん。いや、あの男は存在している。俺の全身全霊がそれを感じる」

赤根は生まれて初めて自分にもどかしさを感じていた。

「ちょっと待て、何故だ？　何故そう感じる？　あの男に洗脳されて俺は一体何をしていたのだ？」

赤根の苦悩の表情を見てアンナが助け舟を出した。

「ミスター赤根。洗脳されて記憶のなかった時のことは忘れて、確かな記憶を逆に辿《たど》りましょう。あなたの記憶はどこで無くなったのですか？」

「シベリアの地下宮殿でラスプーチンと会った時からです」

「その前は？」

「ウスシーロフ……あの金髪のロシア人にシベリアまで連れていかれた……そのウスシーロフが現れたのは……アンナさんと夕食を共にした夜のことです」

それを聞いてアンナが言った。

「あの夜。ミスター赤根は私に全ての化石盤を見せて欲しいと仰った……」

アンナはそこで重要なことに気がついた。

「確か……ミスター赤根はあの化石盤の一枚目しかご覧になっていませんよね？」

赤根は思い出した。

一枚目の化石盤を見て前後不覚となったもののその存在の意味を知り、全ての化石盤を見せて貰う約束をアンナとしたことをだ。

「そうか！　案内板となっている化石盤二十八枚全てを見れば洗脳されていた時のことを摑《つか》めるかもしれない！」

その言葉にユングの顔が明るくなった。

「ウィーンに急ぎましょう！　ミスター赤根が全てを知れば謎が解ける」

赤根はその言葉に頷きながらアンナの頭の回転に感心した。

「俺はこの娘に三度助けられた……」

そう心の裡で思っていたらアンナに見抜かれた。

「三度目ですからね、ミスター赤根。ウィーンでは飛び切り美味《おい》しいものをご馳走《ちそう》して下さいな」

赤根は苦笑しながら「はい」と素直に言葉にしていた。

第四話　あの男再び

帝国ホテル四〇四号室にその男が電話で呼び出されたのは一年前のことだった。

「大きな儲《もう》け話がある。それだけではない。君は積年の恨みを晴らすことが出来るぞ」

男はその言葉に誘われるまま、四〇四号室を訪れた。

中に入ると全てのカーテンが閉められていて暗い。

呼び出した人物はカーテンを背に、大きな机を前にして座っていた。

デスクライトの灯《あか》りが手前に向けられているためにその顔は分からない。

「そこに座りたまえ」

机の前に椅子《いす》が用意してあった。

呼び出された男は言われるまま座ってから面白くなさそうに言った。

「何や？　ワテを呼び出しといてあんたは顔を見せへんのかいな？」

「……お互いのためだ」

男はその言葉を鼻で笑った。

「そうかいな……えらい勿体《もったい》つけんねんな。まぁ、ええわ。儲け話ちゅうことやさかい。それと、ワテの恨みつらみを晴らしてくれるとか言うとったな。どういうこっちゃ？」

「君のことは全て調べてある。君が恨みを持つ相手も分かっている」

　影の男は高飛車な調子を崩さない。

「へぇ、どなたさんか知らんがそらおおきに。ほな聞かせてもらおか？　ワテが誰を恨んでるんか？　誰に復讐《ふくしゅう》したいと思てんのか？」

「東京株式取引所、だろ？」

　男は驚いた。

「そ、その通りや！　何で分かる⁉」

　図星を指された男は動揺し暫《しばら》く黙ってしまった。

「どうだ？　復讐したいのだろう？」

　男は影の声に思わず頷《うなず》いた。

「あぁ、どんな手を使うても取引所をえらい目にあわせたい。あの偉そうにしとる理事長・郷誠之助《ごうせいのすけ》を徹底的にやり込め、ほえづらかかしたい。そやけど……」

「だけど？」

「取引所相手にどない喧嘩《けんか》したらええんか分からん。何せ大きすぎる。それに、役所は常にあいつらの味方や。そんな奴を相手にどうすればええんか分からんのや！」

男はそう投げやりに言った。

「やり込める方法があるとすれば？」

影の声は冷静にそう言った。

男はその言葉に興奮した。

「教えてくれ！　頼む！　教えてくれたらワテは何でもやる！」

「ほう？　じゃあ、儲け話はいいのかい？」

その言葉で男は冷静になった。

「そ、そやった……あかん、あかん。取引所のことになると頭にすぐ血が昇ってまう」

暫く沈黙が続いた。

「そやけど、そんな旨《うま》い話があるんか？　取引所をやり込めて、おまけに儲けられるちゅう……そんな話が？」

「あぁ、それも君だから出来るんだよ。そう、君という役者だから出来ることなんだ」


大正八（一九一九）年の秋となった。

兜町は相変わらず世界大戦後の復興景気相場に浮かれていた。

狂介は日本に戻ってから慌ただしく日々を過ごしていた。

狂介にはやらねばならないことが二つあった。

まずは本業の相場だ。

『売り』で大相場を取ると決心している狂介は、今持っている大量の現物株や先物の買い持ちを利食って行かなくてはいけない。

慎重に少しずつ売り注文を出していく。

「絶対に分からないようにお願いします」

寺田昇平にそう言って、これ以上は細かく出来ないというほど分散して売りの注文を取引所に出していた。

それでも寺田は興奮していた。

「毎日毎日、儲けが積み上がっていきます。利食い千人力とは言いますが、これほどの利食い、万人力、いや百万人力です」

だが、当の狂介はそのことに全く関心がない。

相場には燃える狂介だが、儲けの額に対しては一向に熱くなれない。

ただの数字の羅列にしか思えないのだ。

それが狂介を相場だけに集中出来る真の相場師としている資質とも言えた。

「今年一杯で全ての買い持ちをゼロにしてしまう。そして、年が明ければ、どてん売りだ」

それを思うと熱くなる。

それが相場師、実王寺狂介だった。

そして、もう一つ大きな仕事があった。

それは闇の帝王、結城次郎を葬ることだ。

「そのためには結城にかけられた守秋の呪縛《じゅばく》を解かなくてはならない……」

こちらは一筋縄ではいかない。

狂介は結城が洗脳に使っているであろう位相幾何学や心理学、精神分析の文献を世界各地から取り寄せ読み漁《あさ》っていた。

狂介は読みながら九鬼周造が与えてくれたキーワード、〝無意識の裡《うち》に人が奉仕するもの〟との関連性を探し出そうとしていた。

根岸の隠れ家に文献を集めて読み込み、ある程度の整理がつくと九鬼を呼んで意見を聞き議論する。

九鬼の天才的な頭脳は高等数学をも理解し、「洗脳は哲学の真髄にも関わる問題だ」として深く興味を寄せてくれていた。

狂介は相場が引けると根岸に直行する日々が続いていた。

寺田商店からクルマを呼んで根岸まで向かう。

「？」

その日、クルマの窓から兜町の風景を見ていると鎧橋《よろいばし》のたもとの空地が何やら慌ただしい。

大勢の人足がせわしなく足場を組んでいる。

本格的なコンクリート建築を作るのではなく簡易建築物の工事のようだ。

ただ、その規模は小さくなさそうだった。

「こんなところにバラックを建ててどうするんだ？　萬《よろず》安売り店でも始めるつもりなのかな？　それにしても場違いなことだ」

狂介は奇妙に思いながら直《す》ぐにそのことは忘れてしまった。

そして、根岸に着くと直ぐに位相幾何学の文献の整理に掛った。

すると電話が鳴った。

寺田昇平からだ。

「今、お父上がいらっしゃっていて、狂介さまにご相談があると仰《おつしや》っておられます」

「分かりました。では、四谷の家で聞きます。僕はこれから向かうと伝えて下さい」

一時間後、狂介は四谷の井深邸の門の前でクルマを降り邸内に入った。

「？」

ビュイックが運転手を乗せて止まっている。

「大物の客か？」

狂介が玄関に入ると女中にすぐ応接室に案内された。

「失礼します」

中に入ると父親の井深雄之介ともう一人の人物が応接椅子に座って待っていた。

「なるほど、彼のクルマだったか……」

東京株式取引所、理事長・郷誠之助だった。

雄之介は寺田商店に寄った後、取引所に郷を訪ね、そこから郷と一緒に四谷に戻ったのだと狂介に言った。

狂介は郷の顔は当然知っているが会うのは初めてだった。

株式仲買人のひとりとして型通りの挨拶《あいさつ》をした。

「丸鐘（寺田商店）のオーナーが井深君の御子息とは露知らず、ご挨拶が遅れ申し訳ない」

郷はそう言って立ち上がり頭を下げた。

「息子ではありません。とうの昔に勘当されております」

狂介は冷たい表情で喧嘩を売っているように言うと無造作に椅子に腰を掛けた。

雄之介は苦い顔をして言った。

「今日はそんなことはいい。それより、大変な事態に取引所が巻き込まれようとしているのだ」

狂介は怪訝《けげん》な表情をした。

「取引所が？　この上昇相場で仲買人たちの懐も潤い何の問題もない筈《はず》。どうされたのです？」

そう言うと郷が懐から紙片を取り出し狂介の前に置いた。

「これを見て頂きたい」

それは登記簿の写しだった。

「……『東京証券交換所』？　何です？　これは？」

郷が苦い顔をして言った。

「第二の株式取引所、だそうです」

それを聞いて狂介が笑った。

「そんなもの作れる訳ないでしょう？　株の取引所は国の認可の下、一元で管理されているものです。類似の取引行為は呑《の》み行為として処罰される」

郷はその狂介の言葉に頷いた。

「我々もそう考えたのですが……法律上そうはならない抜け穴があったのです。それを突いて設立されたのが、この『東京証券交換所』なのです」

狂介は登記簿の写しをもう一度見た。

「登記上の住所は……鎧橋のそば……アッ！　さっきバラックを建てていたあの場所か！」

それが絵空事でなく本当に作られることが今日の光景から分かった。

そして、狂介は『東京証券交換所』の取締役の中にある名前に驚き、思わず声を上げた。

「専務取締役・松谷元三郎《まつたにもとさぶろう》！　天一坊《てんいちぼう》‼」

その言葉に郷が苦々しい顔で頷いた。

「そうです。あの蛇蝎《だかつ》、またとんでもないことを始めたのです」

◇

秋がぐっと深まった十一月一日の朝。

狂介と寺田は揃《そろ》って店を出ると、取引所の前を通り大通りの向こうの鎧橋を目指して歩いた。

兜町の雰囲気がいつもの朝とは違う奇妙な熱気と緊張を帯びている。

「なんだか取引所の周りだけが寂しい気がしますね」

寺田が横の東京株式取引所の建物を見上げながらそう言った。

狂介が頷いて言った。

「確かにおかしな空気ですね。まぁ、兎《と》に角《かく》、この目で見てみましょうよ。『東京証券交換所』なるものを……」

仲買人である寺田商店にも仰々《ぎょうぎょう》しい招待状が『交換所』から送られて来ていた。

「……御仲買店の交換所でのお取引を切に願うものであります……」

それを読みながら狂介はこれは難しい問題になりそうだと改めて思っていた。

「市場というものは本来自由なものだ。使い勝手が良い、安い、便利な方が客を呼び込む。そこには老舗《しにせ》も新参もない」

狂介は郷誠之助から相談を受けた時も同じように返事をした。

「結局最後はどれほど魅力があるかに尽きるでしょう。『交換所』の方が魅力があると映れば『取引所』は敗れる」

郷はその言葉にただ唸《うな》るだけだった。

「アッ！　あれですね。凄《すご》いなぁ！　まるで百貨店の新装開店だ！」

寺田がそう声を上げた。

その建物には紅白の幔幕《まんまく》が張り巡らされ、大きな花輪が立ち並んでいる。

今日が『東京証券交換所』の営業開始日だった。

各界の招待客や新聞記者で建物の前はごった返していた。

狂介たちも押し合いへし合いしながら建物の中に入《しつら》った。

中には……取引所の立会場《たちあいじょう》と同じように高台が設えられていて、その下に場立《ばたち》が群がっていた。

「そろそろ取引が始まりますね」

寺田が興奮気味に言った。

鈴が振られると一斉に声が上がった。

高台の上には交換所の所員とおぼしき人間たちが立ち並んでいた。

そしてその奥には、羽織袴《はおりはかま》姿のでっぷり太った男が仁王立ちになって辺りを睥睨《へいげい》していた。

天一坊だ。

その姿を見て狂介は何ともいえない笑みを浮かべた。

「あの内国通運でやられてからずっと、鳴りを潜めていた男が、出てくるときは派手に出てくる。天一坊らしいな。といえばそうだが……この裏には闇《やみ》の組織がいる。嘗《かつ》て天一坊は守秋順造を買い占めの指南役にしていた。そして、内国通運での俺の儲けを没収と称して奪ったのは守秋と闇の組織だった。闇の組織はずっと天一坊を利用して来た。今回も間違いない」

天一坊は帝国ホテル四〇四号室を何度も訪れ細かく指示を受けていた。

「いいか、徹底的に法律を味方につけるのがこの『取引所潰《つぶ》し』の味噌《みそ》だ。法律と法律を操る奴らを味方につけるんだ」

「どないするんや？」

影の男は一片の紙を天一坊に差し出した。

「これは？」

「これは味方につける人間のリストだ。この連中に……」

と言って影の中から手を伸ばし、もう一枚の紙片を渡した。

「ここに書かれている要領で『新取引所』を作る際の法律を調べさせろ。大丈夫だ。彼らの法律の知識があれば必ず作ることが出来る。それで、作ってしまえばこっちのものだ。東京株式取引所の連中には手も足も出せなくなる」

天一坊は怪訝な顔つきになった。

「ほんまにそんなことが出来んのかいな？　それに出来たとしても取引所には敵《かな》わんのとちゃうんか？」

影の男はその天一坊の疑問に明確に答えた。

「勝負は『新取引所』の設立で決まる。つまり、〝設立出来れば〟こちらの勝ちなのだ。だから法律を味方につけ万全の形で設立してしまうんだ」

まだ天一坊は呑み込めなかった。

「何でや？　何で設立出来たら勝ちなんや？」

影の男は少し間をおいてから言った。

「東京に、帝都に、株式取引所は二ついらないからだ。しかし、法律がその存在を認めて、二つ出来てしまえば……法治国家としてどうしようもない。しかし、国や今の取引所に関わっている連中にとってこれほど邪魔なものはない。だから、排除しようと動く。しかし、法律で排除はできない。消えて貰《もら》うしかない。では、どうやって消えて貰う？」

天一坊はそこでハタと気がついた。

「そうか！　あのエエ格好しいの連中が邪魔なもんに消えて貰おと思たら……手段はただひとつ！　銭や‼」

「その通り。いくら銭を積んででも消えて貰いたくなる。目の上のこぶだと思うからね。どうだい？　これで分かったろう」

天一坊は満面の笑みになった。

「おもろい‼　こんなおもろい相場はないで‼　あの連中が慌てふためいてワテに泣きを入れて来る。ほんで嫌というほどの銭をふんだくったる。おもろい！　これはホンマおもろいことになるでぇ‼」

天一坊は叫んだ。

『東京証券交換所』の立会場では初日の取引が活況のうちに始まった。

「松谷君、今日は大変な賑《にぎ》わいだが、これからもこんな調子が続くのかね？」

『交換所』の社長に据えられている磯部四郎《いそべしろう》が訊《たず》ねた。

磯部は東京弁護士会の長老で貴族院議員、これ以上ない法曹界の大物だ。

天一坊は「まず磯部を味方につけろ」という指示に従って磯部を銭で籠絡《ろうらく》していた。

そして、他の重役や顧問も全て法曹界の実力者ばかりだ。

天一坊は磯部に応《こた》えた。

「センセ、見といておくれやす。ワテにはよう分かります。相場の流れはこっちのもんだす。センセには来年の賞与、麹町に御殿を建てて頂けるぐらい差し上げられまっせ」

「ほう！　そりゃ頼もしい。ひとつ頼むよ」

磯部の強欲そうな横顔を見て、天一坊は心の裡で笑った。

「このオッサン、お飾りのくせによう言うで。まぁお飾りとして効いてもろてるよって、しゃあないけどな。センセと呼ばれる連中で固めてるよって、法律に則《のっと》るお堅い組織は絶対に手え出せんのやからな」

狂介たちは前場の取引を見終わると店に戻った。

そのまま狂介は資料室に籠《こも》り天一坊と闇の組織の狙《ねら》いを考えた。

「このままあの『交換所』を続けることが目的ではない筈だ。天一坊のこれまでの株の買い占めも全て高値で売り抜くことが目的だった。あの男は尤《もっと》もらしい理由を吹聴《ふいちょう》して標的を脅《つ》し値を吊り上げる。今回も構図は同じ筈だ。最後は銭で決着をつけるつもりだろう。つまり、『交換所』を『取引所』に買い取らせるつもりなんだ」

そう考えて狂介は、やはりこれは厄介だと改めて思った。

「下手をすると東京株式取引所と同じ値段で買い取れと言ってくる可能性があるな。もし、『交換所』が安い売買手数料を利用して出来高を増やせばその要求が合理的になってしまう」

狂介はさらに考えた。

「どんな奴が天一坊に知恵をつけたか知らないが、この勝負は〝設立〟された時についている。見事なものだ……ん？　待てよ」

そこで狂介は閃《ひらめ》いた。

「……知恵をつけた奴がもし、守秋と同様に洗脳されている人間だとしたら」

それだけ高度な法律知識を持っている人間はそう多くないことに狂介は気がついた。

「その人物が完全に闇の組織の人間にされているとすれば、過去数年内に死亡したり失踪《しっそう》した人間の中にその人物がいるんじゃないのか？」

狂介の目が冷徹な相場師の光を放った。

「上手の手から水が漏れたな。それならかなり絞ることが出来る。その人物を特定して見つけ出せるぞ！」

狂介は机の上の電話を取った。

◇

結城次郎は渡米の準備を進めていた。

知己であるプリンストン大学の理学部長を通して嘗て大学長であったウィルソン大統領を表敬訪問できる手筈まで整えてあった。

京都、東山の私邸で準備にいそしむ中、昼下がりの珈琲《コーヒー》を飲みながら新聞に目を通していた。

そこには『東京証券交換所、営業開始する』の文字が踊っていた。

「新しい傀儡《くぐつ》の仕事は見事なものだ。既得権益を握り安心しきっている者たちを根底から揺さぶる。これまでにない手法だ。そこに法律という武器を使うという皮肉も利いていて面白い」

旨そうに珈琲を飲みながらそう思っていた。

そして、新聞に載る天一坊の写真を見て笑った。

「役者としてこれ以上の男はないな。数々の乗っ取りで悪名を馳《は》せ、まともな人間たちはその名を聞いただけで震えあがる。そんな男を『交換所』という城の天守閣に座らせているのも見事だ」

そして、結城は改めて『交換所』の役員の顔ぶれを見ていった。

「社長が……磯部、重役には国会議員の島田俊雄《しまだとしお》と板倉勝憲《いたくらかつのり》子爵……それぞれ法曹族で衆議院、貴族院のボスだ……。そして、顧問に江木衷《えぎちゅう》博士、この男、東京弁護士会のエースだったな。ふふっ、完璧《かんぺき》な布陣だ」

そう言って微笑《ほほえ》んだ。

「既存の『取引所』にしたら『交換所』は一夜城のようなもの。そう思っていたら……外堀も内堀も備えた堅牢《けんろう》な城郭だと知って慌てふためく。いやはや、気の毒なことだ」

結城は傀儡の仕事に満足していた。

「傀儡が一人欠けて、急いで補充したにも拘《かか》わらず望外の仕事ぶりだ。ここからさらに傀儡を増やすかな？」

そう考えながら珈琲を飲み干した。

そして、改めて闇の組織の全容を頭に浮かべた。

「ここからの組織のあり方、世界の急拡大を見据えて考えねばならん。傀儡を含め組織機能の更なる拡大と活動の高速化を図らねばならん」

結城が見据えているのは世界の破滅だった。

「私を退屈から救ってくれるのはそれだけ……世界の成り立ちのアルゴリズム、それを知った人間に取り憑《つ》く究極の退屈を晴らすのは破壊だけなのだ」

そして、書棚の中から一冊の写真帳を取り出した。

そこには様々な家族の写真が貼《は》られ、結城は幼い男女の七五三祝いの頁《ページ》を開いた。

七つ位の女の子と頭一つ背の低い、弟らしき男の子の姿が写っている。

それは、結城次郎と姉の写真だった。

結城は優しかった姉だけに人間らしい感情を持っていた。

「姉さんを殺した相場というもの……それへの復讐だけで生きて来た。そして、人を操る存在を……私は偶然知ってしまった。殺された姉を思うことで……」

結城はあの記憶を頭の中で再現していた。

東京帝国大学で臨時講師を務めていた時、急報を受けて神田明神下の姉の嫁ぎ先、守秋家に駆けつけた。

「姉さん！　姉さん‼」

そう叫んで蔵の中に飛び込んで結城が見たもの。

「アァァ……」

姉夫婦、そして幼い姪と甥の四人が並んで縊死《いし》した姿だった。

結城はその場にへなへなと座り込んだ。

「姉さん……姉さん……」

そう呟《つぶや》きながら姉の無残な姿を見上げて、ただ泣き続けた。

どの位時間が経《た》ったのか分からない。

結城はふらふらと立ち上がり、蔵の外に出た。

「⁉」

結城がその時、偶然蔵の外で見たもの……。

「あれこそが……人間を支配するものの存在証明だったのだ」

後年、結城はそれに気づくことでアルゴリズムを完成させた。

「人を操ることはたやすい。ごくごく自然に出来てしまうのだ。ただ、誰もそれに気づかないだけ……いや、極少数の人間だけが気づいているだけ、が正しいか」

そう呟くと再び結城は渡米の支度に掛った。


狂介は新たに二つの方向から結城次郎に迫っていた。

一つは新たな傀儡、天一坊を操る存在だ。

狂介は一高時代の同級生で警察回りの新聞記者になっている男に頼み、過去数年で亡くなったり失踪したりした三十代から四十代の法曹関係者、法律学者がいないかを調べて貰っていた。

そして、もう一つ。

それは狂介自身が様々な文献を取り寄せているうちに気がついた事だった。

「何故早く気がつかなかったんだ！」

それは結城自身が何を読んで来たかを個別具体的に知ることだった。

狂介は多くの学生を雇い、東京と京都の帝国大学図書館の図書票を虱潰《しらみつぶ》しに調べさせていたのだ。

結城次郎が借りた本を全て時系列で調べるためだ。

膨大な量のカード全てに当たるのは途方もない人力と時間がかかるが、その人海戦術は狂介の資力があれば可能だった。

毎日、数千枚の図書票が東京と京都で調べ続けられている。

「その中に必ずある。あの男がアルゴリズムを生み出すヒントになったものが……」

二つのうち先に分かったのが新たな傀儡の身元だった。

「いたよ。一年半前におかしな死に方をした法律学者が……」

事件記者がその人物のファイルを持ってきたのだ。

「榊原準之助《さかきばらじゅんのすけ》……東京帝国大学法学部の助教授で商法の専門だった。俊英で将来を嘱望《しょくぼう》されていたが槍ヶ岳登山中に滑落して死亡している。遺体は本人かどうかの判別がつかないほど傷んでいたそうだ」

狂介は直感した。

「年齢は……三十八歳か、この男に間違いなさそうだな。ありがとう、礼は弾むよ」

狂介は榊原の写真を手に入れると直ぐに日暮里元金杉町の仕立て屋銀次の屋敷に向かった。

「この男を見つけりゃあいいんですね？」

のんべの勝が写真を見ながらニヤリと笑った。

「おそらく霞《かすみ》ヶ関《せき》近辺を拠点にしている筈です」

狂介は次第に結城に近づいている実感を持ちながらそう言った。

「承知しやした。必ず見つけてみせやす」

「気をつけて下さい。奴らは暴力装置を持っている。簡単に人を殺しにくる連中です」

勝はその狂介の言葉に凄みのある笑顔を見せて応えた。

「どんな殺し屋より、あっしらの方が素早く人の気を察して動けやす。掏摸《すり》の動きはどんな人間より速いんでやすよ。ご心配はいりやせん」

その言葉に狂介は微笑んだ。

「勝さんのお言葉、頼もしい限りです。では、見つけたらまず監視だけして下さい。どんな行動を取るか、どんな人間と会っているかを知りたいですから」

「暫くは泳がせるって訳ですね？」

「そうです」

勝との話の後、狂介は離れで静養している守秋を訪ねた。

「あっ、旦那《だんな》さん！」

今野聡子が居住まいを正した。

長椅子に座って庭を見ていた守秋は狂介に力なく顔を向けて、

「あぁ、実王寺狂介じゃないか……」

とだけ言うとまた庭の方に顔を向けた。

「その後、どうですか？」

狂介は聡子に訊ねた。

「混乱して泣いたり喚《わめ》いたりすることはなくなりました。旦那さんや勝さんたちのお陰です」

そう言って頭を下げた。

「いいんですよ、今野さん。他に何か変わったことはありませんか？」

聡子は少し考えてから言った。

「時々、呟くんです……俵を落としたって」

「俵を落とした？」

「ええ、鼠《ねずみ》が俵を落とした……俺はそれを拾ってやった……と自慢そうに」

狂介は言った。

「僕は子供の頃、見世物小屋で南京鼠《ナンキン》が俵を運ぶ芸を見たことがあります。そのことかな?」

するとと守秋が呟いた。

「俵が転がって来た……僕の前に俵が……叔父上が言ったんだ……返してあげなさいと。返したら、叔父上が頭を撫《な》でてくれた……」

狂介はその言葉を注意深く聞いていた。

「結城は守秋に子供の頃の記憶を植え付けているんだ。純真な子供の頃の記憶を嘘《うそ》の記憶と入れ替え自分が入り込むことで人を洗脳し易《やす》くする」

狂介は考えた。

「一度守秋を見世物小屋に連れて行ってみたらどうだろう? 南京鼠の芸を見せるんだ。ある種のショック療法だが、やってみる価値はありそうだな」

守秋はずっと放心したように呟いていた。

「あぁ……綺麗《きれい》だ。綺麗な球が浮かんでいる。叔父上、僕が返した俵が……沢山の球に化けて浮かんでいます。見えますか?」

◇

狂介は活発に動いていた。

天一坊と結城次郎、そして相場が狂介の前にある問題だ。

相場は『売り』に決めてまっしぐらに進んでいることから何の迷いもない。

天一坊は……さすがの狂介もお手上げだと思っていた。

「もう『交換所』は動き出してしまった。天一坊の指南役の闇の組織の人間を捕まえても『交換所』は今更どうすることもできない。後は郷理事長がどう銭で決着をつけるか、だ」

そう結論付けて狂介は自分の頭から天一坊のことは外していた。

「だが、闇の組織の指南役は必ず見つける。その男を通じて闇の組織の今のあり方を必ず摑《つか》んでやる」

狂介はその人物、榊原準之助を見つけるのは時間の問題だと思っていた。

のんべの勝が手下たちを二十四時間体制で霞ヶ関、日比谷近辺に張りつけている。

「榊原が守秋と同様の活動をするなら、必ずその辺りを動くはずだ」

狂介は報告を待っていた。

そして、結城次郎の人を操る力の解析も少しずつではあるが進捗《しんちょく》していた。

それには九鬼周造との議論が大きく貢献していた。

「狂さん、嘗て人間には意思がなかった、という仮説はどう思う？」

九鬼周造がそう提起した。

狂介は笑った。

「人間を猿から進化させたのは意思を持ったからだろう？　人間は意思を持つから人間だ。その仮説は論理矛盾だよ」

九鬼は頷いてから言った。

「僕も最初はそう思った。しかし、道具も使え、互いにやり取りの手段が備わっていても、意思がなかったとしたら……ちょうど、女王アリのためにひたすら活動する働きアリのような存在が嘗ての人間だったとしたら……」

そこで狂介も考えてみた。

その時に思い出したのが、カール・ユングというスイスの学者の書いた『リビドーの変容と象徴』という本の内容だった。

心理学に関わる古今東西の文献を読み漁っていく裡、その本に出逢《であ》っていたが、その内容はかなり際立って個性的なものだった。

意思が存在しない心の場所……無意識と呼ばれるエリア。それは個人的無意識と集団的無意識という二層があるとユングは主張していた。

それを九鬼に説明してから狂介は言った。

「この集団的無意識というものを本当にどの人間も共通して持っているとすれば、人類に嘗て意思がなかったという説も成り立つな」

「あぁ、共通する何かに無意識下で縛られているとすれば……そこに嘗ては『主従』という絶対的な上下関係があったと考えるほうが普通だ」

九鬼も同意した。

そして、二人は同時に言った。

「人間は何に仕えていたんだ？」


そして、遂にその解析が飛躍的に進む時がやって来た。

それは根岸の隠れ家に分厚い速達郵便が送られて来た日だった。

京都帝国大学の図書館で結城次郎が借りた図書の一覧が遂に送られて来たのだ。

延べ百人の学生が百日以上かけて調べ尽くした計算になる。

狂介は丹念にそれを見て行った。

狂介の手元には狂介が調べ上げて作った結城の年表が置かれている。

それと照らし合わせながら、いつ何を読んでいたかを調べて行った。

それは……結城が東京帝国大学での臨時講師から京都帝国大学の助教授となって一年後のものだった。

狂介は目を疑った。

「何故だ？ 何故、こんなものを多岐にわたって、それも大量に読んでいるんだ？」

のんべの勝は帝国ホテルの筋向いの建物の前で遂にその男、榊原準之助とすれ違った。

「間違いねえ。あいつは写真の男だ」

髪の毛を真っ白に染め、一見すると別人にしか見えないが掏摸の超人的な人間観察力の前にその変装は無力だった。

勝は後をつけた。

男は帝国ホテルに入って行く。

エントランスホワイエを抜けて階段を上がっていく。

勝はホテル内に控えている手下に目で合図し追跡を代わらせた。

追跡を悟られないための用心だ。

白髪の男は四〇四号室に入った。

別の手下が勝にそのことを伝えに降りて来た。

「四〇四号室？　ずっと前に相場師の織田昇次郎《おだしょうじろう》を見張っていた時に入った部屋じゃねえか……」

そう思った勝の前をでっぷりと太った布袋《ほてい》様のような羽織袴姿の男がのしのしと歩いて通る。

勝は話していた手下にその男をつけるように言った。

「天一坊だ……」

勝は狂介から榊原が天一坊と接触する可能性を知らされていた。

案の定、天一坊は四〇四号室に入った。

「よし、まずは報告だ！」

勝は寺田商店に電話を入れた。

狂介は留守で寺田から尾行を続けるように指示があった。

「勝さん。榊原は絶対に逃さないでくれ！」

寺田は懇願するように言った。

三十分ほどで天一坊は部屋から一人で出てホテルの前からクルマで去っていった。

勝は四階と一階フロアー、そしてホテルの出入口の全てに手下を配置して水も漏らさぬ監視体制を敷いて榊原が出てくるのを待った。

しかし、何時間経っても出てこない。

「前と同じか……」

四〇四号室で全てが消える。

翌日になっても全く榊原は姿を現さなかった。

夕刻まで待って勝はあることを決断する。

「禁じ手だが……錠前屋を使うか」

錠前屋……あらゆる鍵を開けてしまう天才的鍵職人だ。

勝らは掏摸はやっても絶対に泥棒はやらない。

「俺たちは盗人《ぬすっと》ではない」

技術を磨き抜いてこそ掏摸という矜持《きょうじ》がそこにあるからだ。

だから家屋敷に盗みに入ることを見下している。

「だがここは、あいつを使うしかねえな」

蛇の道は蛇で勝が知る錠前屋……勝は翌日、日暮里元金杉の屋敷に錠前屋を呼んだ。

顔に大きな傷があり、眇《すがめ》で胡麻塩《ごましお》頭の小柄な老人だ。

「高いぜ……帝国ホテルは」

錠前屋は一言そう言うだけだ。

勝は頷いた。

「言い値を払うよ」

そして、桂は帝国ホテルの四〇三号室に直ぐ予約を入れ、手下二人と錠前屋を伴ってチェックインした。

真夜中を過ぎてさらに午前三時。

勝らは四〇四号室の部屋の扉の前にいた。

錠前屋は仕事道具が入っている信玄袋を提げている。

懐中電灯を頭につけて鍵穴を覗《のぞ》きこむ。

そして、二本の棒のようなものを鍵穴に差し込んだ次の瞬間に言った。

「開いたよ」

勝らは呆気《あっけ》にとられた。

「見事なもんだぜ……」

勝らは部屋に入った。

中には誰もおらず、誰かが宿泊している気配もない。

他の部屋と違うのは大きな事務机が置かれていることだけだ。

勝らは部屋の中を徹底的に調べた。

しかし、何も変わったところはない。

「必ずからくりがある」

勝らは念入りに調べて行った。

だが、何も見つからない。

勝が途方に暮れた時、手下のひとりがぽつりと言った。

「兄貴、何となくこの部屋、狭く感じやせんか？」

それは勝たちがさっきまでいた四〇三号室と比べてのことだ。

「そう言われると、そんな気が……」

見回してみると四〇三号室の間取りと同じだが壁の一部が柱の出っ張りのようになっている。

勝はそこに近づいて目を凝らした。

「！」

隙間《すきま》が出来ている。

「これだ！」

勝はその部分を押してみた。

するとそこが扉のように開いた。

中を覗き込むと空洞になっていて梯子《はしご》段《だん》がついている。

「隠し通路だ！」

勝らはそこから降りて行った。

懐中電灯の明かりを頼りに狭い中を降りると次に通路は水平になった。

それを進むと下側に扉のある所まで来た。

扉を開けるとそこは厨房《ちゅうぼう》から外へ出た天井のところだった。

「誰にも気づかれることなく外に出られる。これじゃあ、入口を見張ってても見つからねえ筈だ」

外の冷たい空気を吸いながら勝は言った。

◇

「守秋を外へ？」

今野聡子は狂介から守秋を見世物小屋に連れて行きたいと言われ不安な表情を見せた。

「もしまた襲われたら……」

狂介は笑顔で答えた。

「そうは絶対にさせないために、ちゃんと準備をします」

一週間後。

狂介はのんべの勝に頼んで東京中の的屋《てきや》を当たらせ南京鼠の芸をやる興行師を見つけ出していた。

新宿・花園神社の秋祭り。

午後になって狂介たちはクルマで向かった。

クルマの中には三人の男が乗っていた。

狂介と寺田、そして大柄な白髪の老人だった。

「どうでしょう？　上手《うま》く行きますかね？」

寺田が訊ねた。

「分かりません。でも、やってみる価値はあると思います」

狂介と寺田の間に座る白髪の老人は車窓の景色を見ながら、ぶつぶつ何やら呟いている。

「鼠が俵を……南京鼠が……俵が……ひとつ僕の方に……あぁ、叔父上、叔父上……」

その老人を見ながら寺田が言った。

「それにしても見事なものですね。どこから見ても七十を超えた老人だ。こんなに近くで見ても全く分からない」

その寺田の言葉に狂介はニヤリとした。

狂介は浅草、松清《まつきよ》町の人形師、市川栄太郎《いちかわえいたろう》を呼び、守秋のために仮面を作らせたのだ。

「これなら闇の組織の人間でも見破ることは出来ない。守秋は当の昔に死んだと思っているだろうが、念には念をだ」

そういう狂介の手には大学ノートが二冊握られていた。

「さぁ、いよいよ結城次郎と最初の勝負だ。俺の解析が間違っていないかが試される」

天才対天才の勝負が近づいていた。

クルマは花園神社に到着した。

三人は境内に入った。

まだ時間は早く縁日の屋台も仕舞われたままでしんとした雰囲気が漂っている。

蜘蛛《くも》の巣のように天幕を張った見世物小屋がそこにあった。

絵看板が掲げてあって、大きな目玉の人魚が岩場に寝そべる姿や二枚の舌を出した大蛇がこちらを見ていた。

「あぁ、あぁ……」

守秋はそれを見て明らかに喜んでいる。

見世物小屋の周りには色んな動物が入れられた籠《かご》が積まれている。

守秋はその中の蛇が入っている籠を見つけると小走りになり顔を近づけて見た。

「可愛《かわ》い……可愛いい」

その様子を見ながら狂介は言った。

「行けそうな気がしますね。守秋は完全に子供の世界に戻っている」

寺田が頷いた。

「それにしてもこれからやること……狂介さまの徹底振りには驚かされます」

三人は天幕の中に入った。

なんとそこには既に二百人を超える観客が入っていて席が埋め尽くされている。

全てのんべの勝の手下だった。

勝が近づいて来て二人に挨拶した。

「あっしらも楽しませて頂きやす」

そう言って何ともいえない笑顔を見せると席に戻った。

狂介は興行師と交渉し、完全な借り切りにして興行を行わせることにした。

「手当は十分渡してあります。全て筋書き通りやって貰えるようになっています」

狂介は寺田にそう言って中に進んだ。

狂介たち三人は最前列に用意された席に座った。

暫くして楽団が音楽を始めた。

「東西《とざい》東西《とうざい》ぃーっ！」

束髪に帽子を被《かぶ》り極彩色の衣装で女異人の姿をした鼠使いが現れて口上を述べ始めた。

「あぁ、あぁ……」

守秋は夢中になっている。

「これよりお見せ致しますのは、世にも珍しい南京鼠の曲芸でございまぁーす」

一斉に拍手があがる。全て段取り通りだ。

鼠使いがさっと手を上げると南京鼠が何匹も出て来た。

鼠は茶の斑《まだら》や真っ白のもの、それに黒のものなどが入り乱れ、ちょこまかと動いていく。

「はいいーっ！」

鼠使いが号令をかけると一斉に鼠たちが芸を始めた。

荷車を引いたり車井戸を汲《く》んだりする。

「あぁ、あぁ……」

守秋の目が輝いている。

そして、いよいよ張り子の蔵の中から米俵を咥《くわ》え出して来ては積み上げていく芸になった。

「よいとよいと、運んでえっさっさっ♪」

鼠使いが拍子を取る掛け声に守秋も同じ調子で身体を動かしている。

すると、鼠が一匹、俵を落としてしまう。

その俵が守秋の前に転がった。

守秋はそこで固まったようになった。

隣《となり》に座る狂介が守秋の耳元で言った。

「さぁ、順造。それを返してあげなさい」

守秋は大きく頷いて言った。

「はい……叔父上」

守秋はそれを拾うと鼠使いに投げ返した。

女芸人は満面の笑みで守秋に言った。

「ありがとうよ。あんたは良い子だから良いものを見せてやろうね」

全てが筋書き通りだ。

守秋の顔がパッと明るくなった瞬間、

「さぁ、順造。これを見なさい」

そう言って狂介は持って来た大学ノートを開いた。

守秋はそれを凝視する。

そして、

「…………アーッ！　アアアーッ!!」

守秋は叫び始めた。

「そうだ、順造。これを見るのだ。順造、お前には私がついている！」

狂介は守秋の肩をしっかりと抱いてそう繰り返した。

「アーッ！　アーッ！」

守秋は暫く叫び続けた後で落ち着いて来た。

「ハァ、ハァ……ハァ」

次第に呼吸が整い、頭を暫く下げたままになった。

狂介はずっと守秋の肩を抱いていた。

「………」

狂介と寺田、そして、観客となっていた勝の手下たちもその守秋を固唾《かたず》を飲んで見詰めた。

守秋は顔を上げた。

「ここは……どこだ？　俺は何をしている？」

意識がハッキリとしている。

狂介は優しい笑顔で訊ねた。

「あなたの名前と職業を教えて下さい」

守秋は怪訝な表情になったが直ぐに答えた。

「私は真壁《まかべ》慎吾《しんご》、農商務省の役人だ」

狂介は手に持っているもう一つのノートの頁を繰った。

「真壁……真壁……、あった！　十五年前に入水自殺している」

それは狂介が調べ上げて作成したリストだった。

過去二十年で官僚や学者の中から若年で死亡、失踪した人間たちの名が載せられている。

「私のことを覚えていますか？」

狂介は訊ねた。

守秋、いや、真壁慎吾はじっと狂介を見た。

「君は……実王寺狂介じゃないか？」

狂介は頷いた。

「真壁さん、お帰りなさい。あなたは自分を取り戻しましたよ」

そして、狂介は心の裡で快哉《かいさい》を叫んだ。

「結城次郎、お前の力の一端は解いたぞ‼」


狂介たちは日暮里元金杉の屋敷に戻った。

そして真壁の話を聞いていた。

「農商務省からドイツと英国に計五年間研修で派遣され、戻って来て株式取引所の監督業務に就いて半年ほど経った頃でした」

真壁はハッキリとした口調で話していった。

「役所からの帰宅途中で何者かに襲われ意識を失ったんです。そして……気がついたら真っ暗な洞窟の中のようなところに自分がいた。どろりとした沼のような場所だと分かるのですが……一切光がない」

そこで真壁は恐ろしげな表情になった。

「私は気が狂う手前まで行っていたと思います。あの暗闇を思い出すと今も叫びそうになってしまう」

「その後は？　どうなるのですか？」

狂介が訊ねると真壁は続けた。

「私は闇の中で気を失ったのだと思います。次に気がつくと今度は真っ白な部屋なのです。床も壁も天井も真っ白で何とも優しい光に満ちている」

その真壁の表情は恍惚《こうこつ》感を伴っていた。

「そこに何かあったのですね？」

狂介は確信を持って訊ねた。

「ええ、大判の白い表紙の本が置いてあるのに気がつきました。それを開いた瞬間……何だか訳が分からなくなっていきました。自分が自分で無くなる感じ……そんな風になっていきました」

狂介は頷いてから訊ねた。

「そして、あの男が現れた？」

今度は真壁が頷いた。

「そうです。結城次郎が現れたのです。そして、私は完全に自分は結城の甥だと思うようになります。自分の名も甥の守秋順造だと考え、結城の命令のままに動くことに何の疑いも持たなくなっていった」

こうして闇の組織に光が入った。

第五話　旅立ちと覚醒

セルゲイ・グリゴリエヴィッチ・エリセーエフは己の運命の数奇さを改めて考えていた。

ロシア屈指の富豪であるエリセーエフ兄弟商会の御曹司に生まれ何不自由なく育った。

サンクトペテルブルクの目抜き通り、ネフスキー大通りの繁華街の一角を占めるのが高級食品店、エリセーエフ兄弟商会だった。

広大な店内は途方もなく天井が高く、中二階がずらりと巡らされ、店内を飾る装飾は絢《けん》爛《らん》豪華で宮殿の広間を思わせた。

恵まれたロシアの家庭に生まれた自分が、日本文化に興味を持って日本で学び、日本人のような心を持った。

「そして、日本の女に恋をし、その日本の女に裏切られた……」

日本、日本、日本と繰り返すうちにエリセーエフは涙が出ていた。

革命がエリセーエフから何もかもを奪ったからだ。

ボルシェビキ政権はエリセーエフ家の莫大な財産全てを奪い、エリセーエフの日本での研究論文を全て焼き捨てた。

「俺は何もかもを奪われたのだ……」

エリセーエフは井深悠子が自分の子を搔爬《そうは》したと知って深い傷心を負い、それを忘れるためブルジョア階級の令嬢と結婚をした。

二人の男の子を儲《もう》けて幸福な暮らしを続けていくはずが……一転、全ての財産を奪われてのタケノコ生活だった。

戦争後の食糧の不足に加え厳しい冬の燃料不足は途轍《とてつ》もなく応《こた》えた。

インフレによって何もかもが値上がりする中で生きるため、金目のものは全て売って食料と薪《まき》に変えた。食事は朝と夜の二食だ。

大学講師としての時間給が唯一の収入だった。それを得るためにエリセーエフは朝から晩まで栄養失調の体に鞭打《むちう》って働いた。

そして遂に過労で倒れ寝込んでしまう。

生まれて初めて死を意識した。

そして、ベッドの中でドフトエフスキーを読むと途轍もなく新鮮に思えた。

収入が途絶えアパートの家具を薪にしたがそれも燃やし尽くし、遂に蔵書を燃料にしなくてはならなくなった。

断腸の思いで百科事典を燃やすと思いのほか長く燃えてくれるのには苦笑した。

そうして、エリセーエフ一家は飢餓と闘っていた。

なんとか一家四人は生き延びていたが、義父が栄養失調で亡くなり、他にも餓死した親類が出た。大学の同僚が何人も餓死した。

三日月を見ているうちにクロワッサンに見えた時には笑いながら涙が零《こぼ》れた。

そして、さらに恐ろしい事態になった。

言論統制が敷かれ不法拘禁が好き勝手に行われる恐怖政治がやってきたのだ。

エリセーエフの妹の元近衛兵で士官だった夫がボルシェビキにあっさり銃殺された。

帝政時代の軍人、官吏が無差別逮捕され、一夜にして七千人が大量殺害された内の一人だった。

ただ何故か、そんな究極の状況の中でエリセーエフは悟りを得たようになり、井深悠子宛《あ》てに〝赦《ゆる》し〟の手紙を書いたのだった。

そして一九一九年五月二十七日の朝六時。

ピストルを腰に提げた執政官が、五人の赤軍兵士を伴ってエリセーエフのアパートに現れた。

『暁の検束』と呼ばれるものだった。

寝巻のままのエリセーエフに執政官は逮捕令状を見せると、着替えて荷物を纏《まと》めろと言った。

鞄《かばん》の中に漱石の本を入れる自分が不思議だった。

そうしてエリセーエフは陸軍刑務所に送られた。

四人としての生活の中でエリセーエフは達観していった。

「なるようになれだ」

生きるも死ぬも五分五分と考えると気が楽になる。

そんな中、漱石の『それから』を読むと夢中になれる。

「やはり漱石を持ってきて正解だった」

エリセーエフは自分が静かな心持を保てるのが不思議だった。

そして、さらに不思議なことが起こった。

収監されてから十日目の朝、牢番《ろうばん》がやって来て釈放を伝えたのだ。

呆気《あっけ》にとられながら、「なるようになるものだ」とエリセーエフは笑みを殺しながら思っていた。

電車に乗って自宅に向かう途中の景色を見ているだけで心が浮き立った。

妻を驚かそうと連絡せずに玄関に駆け込むと、妻は落ち着き払って「お帰りなさい」と静かに言った。

大学からの連絡で釈放を知らされていたと言い、大学関係者が釈放に向けて上層部と掛け合ってくれたことをエリセーエフに伝えた。

エリセーエフはそのことに深い感謝を感じながらも不思議だった。

「でも、それだけでこんな簡単に釈放されるものなのか？」

エリセーエフは刑務所での悲惨な人間たちを見ただけに自分が幸運と思うしかなかった。

その何日か後のことだった。

大学構内を歩いていると学生に呼び止められた。

「エリセーエフ先生、伝言です」

そう言ってメモを渡された。

そこにはネフスキー大通りにある建物の場所が示されていて「本日午後五時にお待ちします。貴方《あなた》とご家族の安全に重要なことをお伝えします。ＹＩの代理人」と書いてある。

「これは？」

エリセーエフが訊《たず》ねると米国人と思《おぼ》しき女性から渡すよう頼まれたと言う。

「米国人？」

エリセーエフは訳が分からないが、ＹＩというイニシャルは気になった。

「ＹＩ……井深悠子……まさか」

兎《と》に角《かく》、出掛けてみることにした。

ネフスキー大通りのその建物には米国との通商に関わりのある官民の組織が入っていた。

エリセーエフがメモに書かれた三階にある一室を訪れると、「こちらへ」と別室に案内された。

暫《しばら》く待っているとブルネットの米国人と思しき女性が入って来た。

年の頃は三十半ば、美しい顔立ちの女性でエリセーエフに握手を求めて来た。

「?」

握手に応じながらその女性の手の感触に気のせいか覚えがあるように思えた。

「エリセーエフさん。突然お呼び立てした失礼をお許し下さい」

米国の東海岸訛《なま》りの英語だった。

「あなたは?」

「私のことは詮索《せんさく》なさらないで下さい。それが貴方とご家族をお助けする唯一の条件です」

エリセーエフは何を言われているのか分からない。

「私と家族を助ける?」

女性は頷《うなず》いた。

「ご家族を連れて外国へお逃げ下さい。亡命するのです。一刻も早く」

そう強く言うのだ。

エリセーエフは驚きながらもその言葉が心に響いた。ずっとそのことを考えていたからだ。

釈放されて家に戻ってからも官憲が突然、家宅捜索だと入ってきたりする。

またいつ逮捕されるか……そうなれば次は殺される可能性が高いと判断していた。

「貴女《あなた》が何故？」

すると女性が笑顔で答えた。

「私の友人、井深悠子さんからの依頼です」

エリセーエフは驚愕《きょうがく》した。

「ゆ、悠子さんが⁉」

女性は頷いた。

「私は詳しいことは知りませんが、彼女は貴方からお赦し頂いたことへの感謝を示したいと……ただそれだけ言えば貴方は理解される筈《はず》だと言っていました」

エリセーエフはその言葉に頷いた。

「あの手紙が届いていた……」

女性は部屋の隅に置いてあった大きめの黒い鞄を持ってエリセーエフの前に置いた。

「これを使って亡命して欲しいとのことです」

エリセーエフは中を開けた。

「これは‼」

中にはギッシリと札束が詰まっていた。

戦勝国の通貨と米国ドルが入っている。

「米ドル換算で二十万ドルあります。これだけあれば色んな手段で亡命が出来る筈です」

女性は涼しい顔をしてそう言うのだった。

「ありがとう！　ありがとうございます!!　これで生き延びられる！」

エリセーエフは叫んだ。

「具体的には……フィンランドを経由してフランスに入られるのが良いでしょう」

そう言って女性は微笑《ほほえ》んだ。

「貴方は悠子さんの友人と仰《おつしや》った。悠子さんをご存知なんですね？」

女性は頷いた。

「はい。彼女は米国にいます。ただそれ以上は申し上げられません。どうかこのお金を使って無事に国外に脱出して下さい」

エリセーエフの目に涙が溢《あふ》れた。

「あぁ、どうか！　どうか、悠子さんに私の深い感謝をお伝え下さい。そして、いつの日か必ずお礼に伺うと伝えて下さい！」

そう言って深く頭を下げた。

「………」

その後、エリセーエフは鞄を大事そうに抱えて部屋から出て行った。

ブルネットの女性は窓から、エリセーエフが建物を出て通りを歩いて行く姿を見詰めながら呟《つぶや》いた。

「大丈夫よ、エリセーエフさん。貴方の私への感謝はさっき十二分に伝わったわ。無事にこの国から逃げて……」

女性の目には涙が滲《にじ》んでいた。

◇

大正八（一九一九）年も師走になった。

井深雄之介は四谷の自宅応接間で狂介と向かい合って座っていた。

狂介は雄之介から渡された手紙を読んでいた。

それは悠子から両親宛てに送られてきたものだった。

「消印は確かにフランス、パリからになっていますね」

「うむ」

「無事で良かったじゃないですか」

手紙を読み終え封筒にしまいながら狂介はそう言った。

手紙にはソビエト・ロシアにまで渡って当初の目的を果たしパリに滞在しているとあったからだ。

狂介はさすがは悠子だと思っていた。

「だが、完全に目的を遂げるまでは米国にも日本にも戻らんとある。どうなっているんだ！」

雄之介は心配の余り怒りの声をあげた。

「親父殿。悠子は五十万ドルも銭を持っていくタマですよ。心配はいりません」

「貴様‼　自分の妹をタマ呼ばわりするとは何だ！」

狂介は苦笑いをするしかなかった。

「地獄の沙汰《さた》も金次第。まさにそれを地で行ったのが悠子だ。エリセーエフを救い出す手筈は整えたのだろう……何も心配はない」

そう心の裡《うち》で思い父親の心配振りを冷ややかな笑いの中で眺めた。

雄之介もどこかで観念したのか次第に落ち着きを取り戻し話題を変えた。

「ところでお前は結城次郎の尻尾《しっぽ》を摑《つか》んだということだな？　あの守秋を保護して話を聞き出したらしいな？」

雄之介は寺田から守秋に関する話を聞いていた。

「ええ、まだ全てとは行きませんが、結城が何を使って人を操るのかは解明しました」

雄之介はその言葉に身体《からだ》を乗り出した。

「茶会で仙厓《せんがい》の○△□の軸が漆黒に変わった謎《なぞ》も解けたのか？」

「恐らく」

狂介は自信ありげに頷いた。

「一体どうやって解いた？」

「それは申し上げられません」

「何故だ？」

「あまりにも危険だからです。結城を葬った後、私も忘れるつもりです」

狂介のきっぱりとした口調に気圧《けお》されて雄之介は暫く黙った。

「なるほど、お前がそう言うのだから間違いなさそうだな。それで、故井上馨公から託された闇の組織の壊滅、それは出来そうか？」

狂介は難しい顔になった。

「結城の力を解く鍵は見つけました。しかし、あの男の組織は複雑に出来ています。どんどん形を変えながら動いていく。指揮命令系統もどうやら一つではない……」

雄之介は驚いた。

「そんな組織がありうるのか？」

うとした。

狂介は覚醒《かくせい》した守秋順造、真壁慎吾から話を聞き出しながら、その組織の全体像を知ろ

しかし、組織として最も重要な点、構成員の繋《つな》がりの仕組みが全く分からないのだ。

「組織であって、組織でない……まるでアメーバのようです」

構成員どうしの連絡がどのように取られているのかが分からないのだ。

「分かったのは……結城次郎が直接会っている組織の人間が何人かいること。その人間が構成員の核であること。そして、その核となっている人間は全て、守秋順造という人物として洗脳されている可能性があること……」

雄之介は目を剝《む》いた。

「も、守秋順造とは一体、どんな人物なのだ？」

狂介はあくまで推測ですがと前置きをしてから答えた。

「守秋順造は現実に存在していました。結城次郎の二つ違いの姉が嫁いだ相場師、守秋庸《よう》蔵《ぞう》の長男、つまり結城の甥《おい》にあたる人物です」

雄之介はその事は知っている。

「守秋庸蔵は確か相場に失敗して破産、一家心中した……その時、順造は五歳で死んでいる。それは赤根さんが調べて分かっていた事だったな？」

狂介は頷いてから言った。

「結城はその死んだ甥を生きているかのようにして記憶を捏造《ねつぞう》し、知力体力ともに優れた若手の官僚や学者を拉致《らち》して、その人物にその記憶を埋め込んでいたのです」

雄之介は唸《うな》った。

「俄《にわ》かには信じられんな。そんなことが本当に可能なのか？」

狂介は真剣な目をして雄之介を見た。

「捏造された記憶は実は捏造でないから、現実味を帯び洗脳が可能だった……と私は考えています」

「どういうことだ？」

「守秋順造の記憶は結城次郎の記憶だと私は推測しています。それで結城は守秋に成りきることが出来る」

雄之介は怪訝《けげん》な顔つきをした。

「意味が分からんが？」

「親父殿、結城次郎と守秋順造は似ていませんか？」

「？」

「二人とも二つ違いの姉がいます」

「そうか！　それで甥に感情移入が出来るのか？」

狂介はゆっくりと頷いてから言った。

「恐らく結城は順造を可愛がっていたのだと思います。大好きな姉の息子である順造を、まるで自分の分身のように思っていた。しかし、愛する姉と共にそれは失われた」

雄之介はそこで狂介を探るような目になって言った。

「相場によって……だな？」

狂介は素直に頷いた。

「結城は見たのだと思います。無残な一家心中のありさまを……そしてその時、愛する姉とその子供たちを奪ったこの世の全てに復讐《ふくしゅう》を誓った……私はそう推測しています」

雄之介は腕を組んで目を閉じて暫く黙った。

そして、何故か笑顔になって言った。

「狂介、お前変わったな？」

その雄之介の言葉に狂介は驚いた。

「はっ？」

「お前は変わった。以前、結城の姉の嫁ぎ先が相場でしくじり、一家心中したとの話が出た時、お前は何と言ったか覚えているか？　私はハッキリ覚えている。『相場に失敗や死はつきもの』そして、『人間は死ぬものだ。特別なことではない』お前はそう言ったのだ。しかし、今のお前はあの時とは全く違っている。いや、別にそれを肯定せんでも良い。ただ、私はあの時のお前よりも今のお前の方が好ましいと思ったのだ」

　狂介は虚を突かれたようになった。

「親父殿……」

　妙な感情が湧《わ》いていた。

　狂介は笑った。

「一体、いつ以来でしょう？　私が親父殿に褒められるのは？」

「驚異的な記憶力のお前だ。当然覚えているだろう？」

「いえ、私は親父殿に褒められた記憶はない。本当です」

　そう言って悲しそうな目をしたように雄之介には思えた。

「狂介……」

　しかし、そこからいつもの狂介に戻った。

「ところで『東京証券交換所』への対応、郷理事長はどうされるおつもりですか？　私は以前から申し上げている通り、銭で解決するしか方法はないと今も思いますが？」

　雄之介もそのことを思い出し苦い顔になった。

「郷理事長も困り切っている。本当に何も手がないのか？」

「無理ですね。あとはいかに安く『交換所』を買い取るか、でしょうが……分の悪いことに『交換所』の出来高がどんどん増えている。『取引所』より手数料が安いのですから当たり前ですが、この調子では天一坊がどんどん値段を吊《つ》り上げるのが目に見えていますよ」

「そこを何とか出来んか？」

雄之介は懇願する様な目になって言った。

「一つありますが……でも」

「何だ⁉ もったいぶった言い方をするな！」

狂介は笑った。

「相場が暴落すれば話は変わる……そう言いたかっただけです」

雄之介は何ともいえない表情になった。

「まぁ、それはそうだな。しかし、この上昇相場は簡単に終わりそうにないじゃないか？」

そう言ってから狂介を見て雄之介は驚いた。

狂介の表情が能面のようになったからだ。

「この男……大相場を考えている！」

そこから二人は暫く黙った。

そして、狂介が口を開いた。

「親父殿。郷理事長にお伝え下さい。取引所の資本増強を進めるように……」

「どういう意味だ？」

「今の取引所の資本金では不測の事態への対処が難しい。出来るだけ早く、今の倍以上の資本金に増額するようお伝え下さい」

「一体、お前は何を考えている？」

そう言って狂介を見た雄之介は能面のような狂介の背後に妖気《ようき》が漂っているのが見えた。

次の瞬間、雄之介は大きな声になった。

「ぼ、暴落が近いのか？　お前はそれを予測しているのだな？　それも大暴落を……」

狂介は氷のような目をしていた。

◇

結城次郎は米国に渡った。

太平洋航路でサンフランシスコに着くとまず、カリフォルニアにあるスタンフォード大学で『位相幾何学の要諦』と題した講演を大成功で終えた。

そして、大陸横断鉄道でニューヨークを目指していた。

道中、新聞で自分の講演の記事が出ているのを結城は読んでいた。

「日本の天才数学者による最先端数学の紹介に、西海岸に集まった学者や学生は皆興奮を隠せなかった……か」

結城は車窓の外の広大な中西部の穀倉地帯を見ながら思った。

「巨大な田舎が、世界大戦を経て偉大な田舎に変貌《へんぼう》を遂げた。ここからの世界の歴史はこの国が主役となる……しかし、それは平和と安定の歴史ではない」

そう思った時、スタンフォード大学学長からプレゼントされた品物を思い出した。

カリフォルニア・ワインだ。

結城はそれを食堂車のボーイに頼んで開栓してもらいワイングラスと共に持ってきて貰《もら》った。

グラスを回し、香りの立ち具合をみた。

「うん……悪くない。ピノノワールのブーケがパッと華やかに立ち上がる。上出来だ」

そして、口にすると豊潤な味わいだった。

結城は満足しながら学長がそれを手渡した時の言葉を思い出していた。

「早くお飲み下さいね。来年には飲めなくなりますから」

そう言って結城にウインクしたのだ。

「混乱を生み出すための秩序、作用と反作用……偉大な田舎は面白いことをやる」

それは禁酒法のことだった。

その年の十月、それは連邦議会を通過し、来年から施行されることに決まったのだ。

「豊かになった米国社会で酒を禁じるとは笑止千万。闇《やみ》での取引になるのは必至。これでこの国の闇社会が大きくなり、暴力がはびこる」

結城はワイングラスを窓側にかざし、赤く染まる光を眺めて満足そうに呟いた。

「光と闇……それは常に寄り添う。そして、光は闇に従っている」

再びワインをゆったりと飲み、結城は目を閉じた。

「米国が主導する世界の歴史……戦争と混乱の拡大的な連続。そして、戦争と戦争の間にだけ存在する平和と慰安の甘美な時間……まさに、この世に天国と地獄が実現されるということか……」


結城の乗った列車はニューヨーク、マンハッタンのグランドセントラル駅に到着した。

迎えのクルマに乗り込むとマンハッタンを北上した。

そうしてコロンビア大学に着くと構内にある来客用の宿舎に案内された。

結城はコロンビア大学で二週間に亘《わた》る連続講義を行うことになっている。

それは位相幾何学の基礎から応用、そして実務への展開の可能性にまで及ぶ内容だった。

多くの数学者や学生が集まる。

結城がニューヨークでそれだけの時間を取るのには訳があった。

「ワシントンまで鉄道で半日、そして、ウォール街は目と鼻の先……」

結城の渡米の真の目的は学者としてのそれではない。

「世界の支配者となった米国……その米国を支配する大統領、そして、その大統領を支配する人間と会うこと……」

日本の闇の帝王として大統領並びに米国の闇の帝王との会見が目的という大胆さだ。

「さて、どうなるかな?」

結城は蜥蜴《とかげ》のような目をして呟いた。

一週間目の講義が終わった最初の週末、結城はワシントンに向かった。

ホワイトハウスにウィルソン大統領を表敬訪問するのだ。

学者出身であるウィルソン大統領は結城に興味を持っていた。

プリンストン大学長からの結城に関する詳細な紹介やスタンフォード大学での講演の評判も伴って、結城は異例の厚遇でホワイトハウスに迎えられ、大統領執務室で二人きりになる時間まで与えられた。

結城はウィルソンと話しながら「ほう」と思っていた。

ウィルソンの話し方や結城の問いへの反応の仕方を結城は慎重に見ていた。

それはまるで結城によるアメリカ合衆国大統領の問診だった。

「この男への洗脳は自然な形で時間をかけて行われたものだな……それだけに、深い」

結城は自分が行う即効性のある洗脳とは異なる古典的洗脳の痕《あと》をウィルソンに見ていた。

「私の方法は即効性は強いが鍵を見つけられれば、あっという間に解かれる脆《もろ》さがある。

しかし、ウィルソンにかけられた深い洗脳を解くのは一筋縄ではいかぬ。それだけに洗脳した人間の力の凄《すご》さが知れるな……」

結城は短時間で全てを理解した。

「この場は、長居無用」

そう思うと結城はウィルソンに言った。

「様々にお話を伺えて嬉《うれ》しく光栄に存じました。貴国の益々《ますます》のご繁栄をお祈りします。ところで、大統領閣下。閣下が信頼を寄せる政治顧問のバーナード・ホルムズ氏。ニューヨークでお目にかかることは可能でしょうな？」

ウィルソンは頷いた。

「勿論《もちろん》です。彼にはプロフェッサー結城にぜひ会うように伝えます。彼も最優先でプロフェッサーとのアポイントメントを入れる筈です」

その言葉に結城は満足げに頷いて大統領執務室を後にした。

「操る者と操られる者……どれほど高い地位にあろうとも、それが世界最強国のリーダーの地位であろうとも、操られる存在は哀れだ」

結城はそう呟きながらホワイトハウスを振り返るのだった。

二週目の講義も順調に進み、講義も残すところ、あと二日になっていた。

結城はその日、『位相幾何学の実務への応用』と題した講義をしていた。

「これまで講義を進めて来て理解頂けていると思うが、幾何学的図形の性質には連続性が存在する」

そう言って結城は大教室を見回した。

三百人は入るそこは満席で立ち見の学生まで出ていた。

「その連続性の存在が、この数学をして質的な量を扱うことを可能にさせている。私はポアンカレが提唱したものから、さらにその連続性を別次元のものとして発展性があるのではないと考えた」

そのように結城は講義を進め、極めてユニークなことを語り出した。

「人間性の中にも位相幾何学は存在する。私は時折、そう思う。実際に我々が目にするものの耳にするものは大脳の中で情報処理される場合に位相幾何として変換されているのではないか？　そう思えて仕方がない」

それこそが結城の大発見であるのだが、そこはさらりと避けていく。

「だが、それはあくまでも想像にすぎない。何故ならもし、私がそれを解明していたら、私は世界を支配できることになる」

そう言って皆の笑いを誘った。

「では、本日はここまで。残りあと一日となりました。皆さんには明日の最終日の聴講もおいで頂くのを期待しています」

そうして、その日の講義は終わった。

結城が教壇から降りようとした時、近づいて来て声をかける男がいた。

「プロフェッサー結城。大変興味深い講義を拝聴し感銘を受けました」

仕立の良い背広の大柄な男が立っていた。

強面《こわもて》だが柔和な笑顔を湛《たた》えて結城に向かって話しかけて来た。

結城は「ほう」という表情になった。

「やはり、自分からやって来たか……」

そう思った結城は手を差し出して言った。

「私の講義を聞いて頂けたとは光栄ですな。バーナード・ホルムズさん」

今度はホルムズが「ほう」という表情になって握手に応じた。

次の瞬間、ホルムズは凄い力で結城の手を握った。

「⁉」

驚いたのはホルムズの方だった。

結城は涼しい顔をして言ったからだ。

「生憎《あいにく》、私にそういう挨拶は通じんのですよ。ホルムズさん」

結城は痛点のない特異体質だ。

ホルムズは爬虫類《はちゆうるい》のような結城の手を慌てて振りほどいた。

何とも気味の悪い感触が残っていた。

「俺の握手に表情を変えなかったのはこれで二人目……二人とも日本人だ」

一人目はＪＫ、実王寺狂介だった。

そのホルムズは珍しく汗をかいていた。

そのホルムズに微笑みながら結城は言った。

「私が差し上げた手紙は届きましたかな？」

「ええ、大変興味深い内容でした」

その言葉に結城が頷いた。

「いかがです？　今後の世界について語り合いませんか？」

結城は何ともいえない笑顔をもう一度見せてホルムズに言った。

「そのつもりで参りました。どうぞ、クルマを待たせております。遅めのランチでもご一緒しながらお話を伺いましょう」

二人は大学の建物から外に出た。

ニューヨークの冬の風が時折激しく吹きつけていた。

◇

バーナード・ホルムズと結城次郎を乗せたロールス・ロイス、シルヴァーゴーストはマンハッタンを疾走しながら南下した。

午後三時前だった。

「プロフェッサー結城はチャイニーズの飲茶《ヤムチャ》をご存知ですか？」

ホルムズが訊ねた。

「あぁ、支那料理にあるらしいですな。生憎、まだ食したことはない」

結城がそう言うとホルムズがニヤリとした。

「日本の方はチャイニーズが特別好きだ。そうでしょう？」

含みのある問いだった。

「ふふふ。まぁ、食べてみましょう。ホルムズさんとご一緒なら楽しいでしょう」

そう言って笑った。

ホルムズはウィルソン大統領から結城との面談を勧められた後、結城からの手紙を受け取っていた。

その内容は驚愕すべきもので、最初は狂人が書いたのかと思った。

しかし、読み進むうちに書かれていることの全てが納得できる。

「俺がこれから考えなくてはならんことを……この日本人は先回りしている」

そう思って自分から会いに出向いたのだ。

ロールス・ロイスはダウンタウン、キャナル・ストリートに入ると、ほどなくして止まった。

そこはチャイナタウンの賑《にぎ》やかな一角だ。

二人はその中の大きな店に入った。

ランチで忙しい時間は過ぎていたが、まだそこここに客がいる。

支那人の店主が二人を奥の個室に案内した。

壁も天井も真っ赤に塗られたその部屋の、これまた赤い丸テーブルに二人は着いた。

「飲茶というもの……漢字の分かる東洋の方には読んで字の如《ごと》くらしいですが、チャイニーズティーで食べるのが一番旨《うま》いと言います。実際、私も麦酒《ビール》や老酒《ラオチュー》で食べてみたが……確かに茶が一番合う」

ホルムズがそう言うと結城は笑顔になった。

「お薦めに従いましょう。支那のことは米国の意見に従った方が良い」

その言葉にホルムズが微笑んだ。

「プロフェッサー結城は全て心得てらっしゃる。さぁ、楽しみましょう」

そう言って手を叩《たた》くと若い女性がワゴンを押しながら入って来た。

竹で作られた小振りの蒸器が積み上げられ、湯気を立てながら幾つも並んでいる。

女性はひとつひとつ蓋《ふた》を取って説明をしていく。

結城は興味深そうにそれを覗《のぞ》き込んだ。

牛の臓物を細かく切った蒸し物や蒸し餃子《ギョーザ》、湯葉巻など……様々な種類の蒸し物料理が揃《そろ》えられていた。

「ほう！　湯葉で色んな具を巻いているのか……これは美味《うま》そうだ！」

結城は目を輝かせた。

ホルムズが次々と蒸器に指を指すと女性がどんどんテーブルに並べていく。

「プロフェッサー結城、どうぞご遠慮なく」

子供のような笑顔を作って結城が頷いた。

そして、臓物料理に箸《はし》をつけると唸った。

「これはいい！　脂がうまい具合に落ちていて、美味この上ない！」

牛の第三の胃袋を細かく刻んで下処理し、香油で薄く味付けして鷹《たか》の爪《つめ》と共に蒸したものだった。

ダンプリングとホルムズが呼ぶ蒸し餃子の数々も、海老《えび》や青菜など具がそれぞれ違い、もちもちとした歯ごたえと共に旨みが口の中に広がる。

そして、結城が目をつけた湯葉巻も期待に違《たが》わぬ味だった。

結城は食べながら茶を飲み頷いた。

「なるほど、この茶が食欲を増進させるように出来ている。これは何という茶かな？」

結城が女性に訊ねると「プアール」と答えたので漢字を教えてくれと結城は胸ポケットから手帳と万年筆を取り出した。

「プアール……普洱茶か、なるほど」

それを見ていたホルムズが訊ねた。

「プロフェッサー結城は茶がお好きなようですな？」

結城は頷いた。

「三度の飯より茶が好きです。といっても支那の茶と日本の茶は違いますが……」

ホルムズはそこで日本の茶について訊ねた。

「ホルムズさんが日本の茶に興味があるなら良い本がある。日本人が英語で書いたものです」

そう言って岡倉天心の『茶の本』について話した。

「〝THE BOOK OF TEA〟そんな本があるのですな？」

結城は茶道についての一通りの説明をしてからホルムズに言った。

「その第一章が〝THE CUP OF HUMANITY〟……〝情感の碗《わん》〟という意味ですな。この章の最後の言葉が何とも良い。茶を楽しもうと著者の岡倉天心は読者に語りかけ……『儚《はかな》いことを夢みて、美しい愚かなことへの想いに耽《ふけ》ろうではないか』と締めくくっているのです」

ホルムズは興味深そうに聞いていた。

「日本人というのは面白い。ユダヤ人と似た感性を持っているかもしれない」

その言葉に結城は「ほう」という表情をした。

「あなたに茶が分かりそうですか？」

「分かるかもしれません」

そう言ってホルムズはプアール茶を飲んで手を叩いた。

次のワゴンが運ばれて来た。

今度は揚げ物や炒《いた》め物で、揚げ海老芋と大根餅《もち》の味わいに結城は大いに喜んだ。

「支那四千年の歴史は大したものだ。簡潔にしてこれほど旨い料理を創《つく》り出すとは‼」

その後、小振りの碗にスープと麺《めん》、そこに細切りの焼豚《チャーシュー》や支那竹の入ったものが出されて締めとなった。

結城は健啖《けんたん》ぶりを発揮して全てを平らげ、デザートには杏仁《あんにん》豆腐とマンゴー・プディング、蒸し饅頭《まんじゆう》までを賞味した。

そこには結城の計算があった。

その様子を見てホルムズが本題に入ってきたからだ。

「やはり、日本人はチャイニーズを食い尽くしますね。プロフェッサー結城」

結城はその言葉を待ってましたとばかりに言った。

「太らせればよいのです。日本に支那を食わせて太らせて、大きく美味くなったところを……米国がガブリとやればよい」

その言葉にホルムズがニヤリとした。

「プロフェッサー結城ほどのリアリストはいない。私は貴方の手紙を読んでこの人間は一体何者かと思った。日本人であるとすれば狂人でしかありえない。そうではないですか?」

結城はナプキンで口を拭《ぬぐ》ってから言った。

「リアリスト……なるほど。ホルムズさん、あなたから見ればリアリスト、日本国の側から見ればアナキスト。そして、世界人類全体から見れば……狂人でしょうな」

そう言って何とも不気味な笑顔を見せた。

「その狂人の考えることとは?」

ホルムズは杏仁豆腐をスプーンで口に運びながら訊ねた。

「退屈なのですよ……何もかも」

意外な返答にホルムズが黙った。

「私は知ってしまった。ある意味、この世の全てを……」

そう言った結城にホルムズは微笑んだ。

「哲学者なのですか？　プロフェッサー結城は？」

結城は笑った。

「そう、究極の哲学。それを完全に理解してしまった……すると、退屈だけが残った」

ホルムズは茶を飲んで訊ねた。

「退屈をしのぐために、なさりたいことがこれですか？」

そう言って内ポケットから紙の束を取り出しテーブルの上に置いた。

結城がホルムズに宛てた手紙だった。

結城はそれに一瞥《いちべつ》をくれると言った。

「そう、もうそういうものにしか興味がなくなったのですよ」

ホルムズはその結城に笑って訊ねた。

「世界を支配したいとは思われない？」

「それも……退屈だ。あなたはどうです？　米国を支配して面白いですかな？」

懐から葉巻を取り出し、ライターで火を点《つ》けながらホルムズは言った。

「支配することを……まだ退屈とは思えませんね。それにまだ世界を支配していない」

そう言って火を点けた葉巻を吹かした。

「時間の問題ですよ。あなたが世界を支配するのは……。ウィルソン大統領を使って国際連盟という戦争サロンを作らせるなど見事なものだ。そして私がその手紙で書いたプランを実行すれば、あなたは大西洋と太平洋の両面から世界を支配できる」

ホルムズは小さく頭を振りながら言った。

「プロフェッサー結城、あなたの頭脳は危険だ。世界に死をもたらす」

そこで結城次郎は本性を現した。

「君はまだ真実を知らんようだな、ホルムズ君」

蜥蜴のような目で睨《にら》みながら地獄の底から響く声を出した結城に、ホルムズは一瞬たじろいだが直《す》ぐに強い口調で言った。

「何だ？ 何が真実だと言うんだ？」

結城は失望したという表情で言った。

「君がこれから進めることも、私がやろうとすることも……同じアルゴリズムに基づいているのだ。だから結果は同じ、全ては破壊される」

そう言ってテーブルの上の自分が書いた手紙の表題を眺めた。

そこには『日本壊滅計画』と記されていた。

◇

ウィーンの冬は早くやって来た。

だが、アンナ・シューリヒトの心はずっと春のようだった。

自分自身が抱えていた心の闇が晴れたことと赤根早人との生活があったからだ。

両親には治療の継続と偽って郊外の小さな家で赤根と暮らしていた。

ただ、療養というのは半ば正しいことだった。

そこでは赤根早人を長期間の洗脳から完全に解き、その間の記憶を取り戻す『治療』が続けられていたからだ。

赤根とアンナ、そしてユングの三人はライヘンバッハの滝での出来事の後、ウィーンに急行、自然史博物館に保管されている化石盤を用いて赤根の洗脳からの回復を行うことになった。

化石盤を全て博物館から持ち出し、赤根が借りた郊外の家の地下室で二十八枚全てを並べて行う『覚醒』を通してだった。

初日。

大きなテーブルの上にピラミッド型に一段目は1枚、二段目は2枚、三段目は4枚、四段目は7枚、五段目は14枚と28という完全数の約数で化石盤が番号通りに並べられていった。

頂上にある第一番目の化石盤には布が被《かぶ》せてある。

赤根はそのテーブルの前に置かれた椅子《いす》に座った。

その横にはアンナが寄り添っている。

「いいですか？　ミスター赤根」

ユングが訊ねた。

「！」

赤根が頷くとユングは第一番目の化石盤の布を取り去った。

赤根は一瞬で別の世界に入った。

「ここは？」

赤根は霧に包まれていた。

その景色には見覚えがある。

前方から光が差し込み、明るくなると人影が近づいて来た。

「父上？」

それは赤根の父、渡辺源右衛門《わたなべげんえもん》だった。

赤根は思い出した。

以前、ここを訪れた時も父が現れたことを。

源右衛門は優しい表情で言った。

「ここから私が案内する。源次郎、大事な数字は覚えているな？」

「はい。１３７です」

源右衛門は満足げに頷いた。

すると霧が晴れて赤根の眼の前に一本の道が現れた。

その時だった。

「⁉」

赤根の足もとに再び霧がかかり始めた。

それは黒く煙のようにも見える。

その霧がまるで道をふさぐように迫って来る。

そして、その中から声が聞こえた。

「我が息子よ……どこへ行く？」

「！」

それはラスプーチンの声だった。

「お前の行く光の道はそちらではない」

赤根はその声を無視しようと父、源右衛門を見据えて言った。

「父上、どうか私に確かな道をお示し下さい！」

源右衛門は黙っている。

するとまた霧の中から声がした。

「我が息子よ……それはお前の父ではない……父はここにいる」

足元の黒い霧はさらに濃くなり、道が見えなくなった。

赤根は父、源右衛門を探した。

しかし、その姿がない。

「源次郎……源次郎……」

声は聴こえる。

「父上ーっ!!」

赤根は叫んだ。

「源次郎……源次郎……なぜ、私を殺した」

声は足もとの黒い霧の中から聞こえる。

「なぜだ……なぜ、私を殺した……」

「父上……」

そして、また別の声が聞こえた。

「さぁ、もういい。泣いていいのだ。思い切り泣け……」

それは伊藤博文の声だ。

「伊藤さま!!」

赤根は混乱しながらも考えていた。

「何だ！　何かを思い出せばいいのだ……何だ？　それは何だった？」

「さぁ、我が息子よ……」

黒い霧の中から何者かが姿を現した。

それはラスプーチンだった。

「――」

赤根は叫び声をあげ、覚醒した。

「ミスター赤根!!　ミスター赤根!!」

アンナがその赤根を抱きしめていた。

ユングは赤根の話を聞いていた。

「やはり、ラスプーチンによる洗脳は途轍もなく強いようですね」

赤根は頷いて言った。

「今はまだ大丈夫ですが、もし無意識の裡《うち》におかしくなったら……お二人に危害を加えるかもしれません。それが恐ろしい」

その赤根の肩をアンナが抱いて言った。

「大丈夫です。私が必ずあなたを完全に取り戻してみせます」

その声には自信がみなぎっていた。

「最後は137という言葉……それが化石盤の世界の中では出て来なかったのですね?」

ユングの問いに赤根は頷いた。

「そうです。何故かそれを思い出せませんでした」

そこでアンナが言った。

「ミスター赤根、次は私が案内人になります」

赤根は驚いた。

「あなたが?」

「はい。だから……今度あなたが化石盤の世界に入る時に念じて下さい。あなたのお父様ではなく私が案内人なのだと……」

ユングはそのアンナの言葉に賛成した。

「ぜひそうして下さい。恐らくそれで変化が現れる筈です。ミスター赤根、今度はあなたが本当に愛する人を念じて、あの世界に入って下さい」

赤根は黙っていた。

「大丈夫です。私がまた助けます」

そう笑顔で言うアンナに赤根は頷いた。

翌日。

「では、よろしいですね？」

全てが整えられ、ユングが赤根に訊ねた。

赤根は頷き、第一番目の化石盤の布が外された。

その瞬間、アンナが赤根の耳元で言った。

「私が待っています」

赤根は霧の中の世界に入った。

そうしてまた光が満ちて人影が近づいて来た。

「アンナさん……」

それは確かに優しい笑顔をしたアンナだった。

「さぁ、ここから私が案内します。ミスター赤根、大事な数字は覚えていますね」

赤根は頷いて言った。

「はい。１３７です」

そうすると霧が晴れて一本の道が現れた。

二人はその道を進んで行った。

「？」

気がつくと赤根の足もとに黒い霧が立ち込めて来た。

「我が息子よ……」

ラスプーチンの声がした。

「我が息子よ……。お前の行く光の道はそちらではない。さぁ、私と共に来るのだ」

そして霧の中から手が伸びてきて赤根の足を掴んだ。

その時だった。

「ミスター赤根!!　思い出して!!」

アンナが叫んだ。

「ミスター赤根!!　早く！　数字を!!」

赤根は必死になって叫んだ。

「１３７だ！　最後は１３７!!」

次の瞬間、黒い霧は消えて一本の道がハッキリと現れた。

赤根の前にはアンナが立っていた。

「さぁ、行きましょう」

赤根はそこから完全なる回復への道を歩み始めた。

それから数週間が経《た》った。

完全な回復を遂げた赤根は、次に自分がラスプーチンによって操られていた時の記憶を呼び戻そうとしていた。

「俺が一体何をしていたのか？　それを知らなくてはならない」

化石盤と向き合い、その案内によって一つずつ掘り出していくように記憶を手繰っていった。

「…………ラスプーチンの死……山縣有朋公への洗脳……帝国陸軍と自分……シベリア出兵……地下宮殿での兵や科学者への洗脳……『門』や『鍵』の製造……満州……そして、『光の宮殿』と闇の甦《よみがえ》り……」

赤根は記憶を呼び起こして驚愕した。

「大変だ‼　俺は大変なことをしてしまった‼」

赤根が記憶の最後でイメージとして見たもの……それは、世界の終わりだった。

第六話　大暴落

年が明け、大正九（一九二〇）年となった。

狂介と福助は日本での正月を楽しんでいた。

元日、二人は朝風呂に入り、ゆっくりとお屠蘇《とそ》やお節料理を賞味した後、日本晴れとなった好天の中を連れ立って浅草へ出掛けた。

「それにしても随分良い景気の長いこと……この調子で東京の街も欧州のようになんのかしら？」

福助がそう言った。

自分の目で見たロンドンやパリの街並み、石や煉瓦《れんが》で出来た重厚な建物の連なりを思い出したと付け加えた。

「丸の内に次々出来るビルディングを見るとそんな気もしないでもないが……どうだろうな。やっぱりこの国には木や土で出来た建物が似合うんじゃないか？」

狂介の言葉に福助は頷《うなず》いた。

「そうだわね。その土地に合うように何もかも出来てる。世界を回ってそれが分かった。日本に戻ってからの方が着物が身体《からだ》にしっくりくる。やっぱり、そんな風に出来てんのね。それにしてもこの景気、国がおかしくなってくんじゃないかと思うわ」

二人が戻ってからの日本は世界大戦後の復興による好景気が延々と続いていた。

吉原は連日満員御礼の大盛況、仲之町芸者たちも箱（出払って売り切れの状態）が年末まですっと続く異様な状態だった。

そうやって話しながら浅草まで狂介たちはやって来て驚いた。

「人の海じゃないか……」

それは雷門から田原町、そしてそのずっと先の上野公園までも続く人の群れだった。

狂介たちはその人の海をかき分けるようにして浅草、六区に向かった。

福助が活動写真を観《み》たいと言ったからだ。

「おい！　これはとても無理だぞ‼」

狂介は悲鳴を上げた。

六区では活動写真館から歌劇場、寄席《よせ》まで全て満員札止め状態なのだ。

二人は諦《あきら》めて溜息《ためいき》をついた。

「この人いきれで汗が出て喉《のど》が渇《かわ》いた。どこかで何か飲もう……」

そう狂介は言ったが飲食店もどこも満員で入れない。

軍人や帰省しなかった奉公人たちがどの店も占拠し大声で騒いでいる。

「………………」

「……帰りましょうか？」

福助も呆《あき》れた表情でそう言った。


二人は這《ほ》う這《ほ》うの体で吉原仲之町の一文字屋に戻った。

朝入った風呂にもう一度入り直し、埃《ほこり》や汗を落とすと床を延べて狂介は寝転んだ。

「あぁ！　やっと息が出来る」

布団の上で大の字になり狂介はそう言った。

福助が冷えた麦酒《ビール》とコップを持って来た。

狂介はコップに注《つ》いで二杯続けて飲み干すと大きく息をついた。

「本当に……日本はどうなっていくのかな」

その狂介の言葉を福助は良い方に受け取っていた。

「世界一の成金国にでもなんのかしら？」

だが狂介が考えていたのは全く逆だった。

「今が……日本の頂点かもしれん。日本の歴史の中で最高の時を迎えてしまった……しかし、それも束《つか》の間、ここからは大変なことになる」

狂介が難しい顔をして黙ってしまったので福助は驚いた。

「どうしたの？　具合でも悪い？」

その福助の問いに狂介はハッキリと言った。

「具合が悪いのは、この国だ」

そうして、正月三が日を狂介と福助は一文字屋で静かに過ごした。

だが世間の三が日は狂乱と呼べるものだった。

川崎大師には三十万を超える人が初詣《はつもうで》に殺到、押し倒されて死者が二名出ていた。

柴又帝釈天も凄《すさ》まじい人手で乗換えの押上駅の手すりが人波で倒壊し数百人が線路に落ちて怪我《けが》をする騒ぎとなった。

そして、元旦《がんたん》の朝十時頃までに、開運守り二万、御供物五〇万、開帳札二万、風邪封じお守り三〇万を売りつくすという……前代未聞の人出と景気となっていたのだ。

世の中のそんな動きを先導していたのが狂乱の上げ相場を演じる株式市場だった。

初詣の客の多くが今年も株で儲《もう》けられますようにと現世利益を祈った。

過去数年の株式投機熱は日本の隅々にまで広がり、商いを行う者は主人から丁稚《でっち》まで、医者も学者も弁護士も、そして田舎の五反百姓までが株を買って潤っていたのだ。

新年相場が始まった。

狂介は新しい年に向けた動きを大発会《だいはっかい》から早速見せていた。

昨年の大納会までに全ての持株を売り払い、先物の買い建ても全部利食って完全に持ち高をゼロにしていた。

買いで取った狂介の儲けの総額は八千万円以上に上った。

寺田昇平は興奮していた。

「いよいよ、狂介さま本来の相場ですね！」

大発会の立会場《たちあいじょう》で狂介にそう言った。

「ええ、売りの相場です。だが恐らくここから数ヶ月はまだ上がる。売り上がっていきますから昇平さん、覚悟はしておいて下さい」

「はい。あれだけの儲けの蓄積があります。どれほど踏み上げられても耐えられますから、心ゆくまで売って頂いて結構です!!」

その言葉に狂介は力強く頷いた。

そして、狂介は丸鐘の場立《ばたち》の小僧に手を振った。

小僧がちょこんと顔を下げ、狂介の手の動きを見た。それは丸鐘独自の符丁になっている手振りだ。

（注文を小分けして、出来る限り沢山売れ）

狂介がそう伝えると小僧はニッコリ頷いた。

そして、踊るような華麗な身振りで注文を受けて捌《さば》いていく。

それを見ながら寺田が言った。

「相場は狂せり、と嘗《かつ》て大阪の野村徳七《のむらとくしち》さんが新聞に載せましたが……今の相場も狂っていますね」

その言葉に狂介はピンと来て言った。

「日本水力でしょう？」

何ともいえない表情になった。

寺田が「その通り」と頷きながら言った。

三年後でないと開業の見込みがつかない危うい事業内容の会社、日本水力。

その会社が新株の募集をするや何と三千七百倍もの申し込みが殺到したのだ。

「株であれば何でも買う。どんな株でも買う。まさに狂せり、ですね」

狂介は冷ややかな表情でそう言った。

兜町は世界大戦終結後の一年以上、棒上げ相場となっていた。

指標銘柄である東株（東京株式取引所株）の株価は二年で三倍強にまで上昇を見せている。

その勢いを伴ったまま新しい年になり、一月、二月と株価はしっかりとした展開が続いた。

狂介は慎重かつ大胆に売り上がっていた。

売り建てによる損は既に一千万円を超えているが全く躊躇《ちゅうちょ》することなく売り乗せを行っていく。

「これは大相場を取るための費用だ。まだまだ売りを積み上げるぞ‼」

ただ、その売り建ては絶対に兜町の他の仲買人たちに知られないよう小口に分けて分散して行われていた。

「取引は全て取引所を通して下さい。他の仲買人を通したりしないように……」

寺田にもそう厳しく言い渡している。

何故なら狂介は暴落の後のことを冷徹に見据えていたからだ。

「他の仲買店は間違いなく身動きが取れなくなる」

そして、三月一日。

出来高が新記録を樹立し取引所から赤飯と正宗の小瓶が仲買人や場立に振る舞われて歓声が上がった。

「いよいよ、近いな」

狂介の目が光った。

そして、三月三日を境にじわり下落が始まった。

三月七日の夕刻、寺田昇平は帝国ホテルに出向いた。

塩水港精糖会社が兜町の仲買人たちを接待に招いたのに応じたのだ。

寺田は気乗りしなかったが、狂介に行って来て欲しいと頼まれた。

「どんなことがそこであるか……相場の最後のあだ花を見られるかもしれませんよ」

そう言って何ともいえない笑みを浮かべたのだった。

寺田は洋食が苦手だった。

ずらりとテーブル上に並べられたナイフやフォーク、大小のスプーンを見ると緊張して食欲が失《う》せる。

それでも寺田はテーブルについて宴の開始を待った。

招待客全員が席に着いたその瞬間。

「⁉」

寺田は目を疑った。

「ここは、帝国ホテルの筈《はず》……」

なんと、新橋の芸者数十人が会場に現れ、酌をして回り始めたのだ。

西洋料理の宴席に芸者を入れるなどありえないことだった。

贅沢《ぜいたく》慣れしている兜町の仲買人たちもこれには度肝を抜かれた。

寺田の周りもざわついている。

そして、声が聞こえた。

「……帝国ホテルで芸者を侍《はべ》らすまで世の中贅沢になっちゃあ、この景気もすっ天井じゃねえか」

仲買人たちが真顔でそう囁《ささや》き合っている。

寺田はそれを見ながら思った。

「やはり、狂介さまの読み通りだ。いよいよ、大天井が近い……いや、もう大天井を打ったかもしれない」

寺田の横にはいつの間にか島田を揺らして芸者が立っていた。

「どうぞ。おひとつ召し上がれ」

そう言ってニッコリと笑い、ワインのボトルを寺田に差し出した。

寺田はグラスを手に取った。

なみなみとワインが注がれる。

それに口をつけて寺田は思った。

「旨《うま》い！　これが歴史的大相場が終わる甘美な味か……」

その夜、どれほどワインを飲んでも寺田は酔うことが出来なかった。

◇

暴落はいつも突然やって来る。

予兆や前兆など相場の世界では、ない。

右を見ても左を見ても強気一辺倒の空気が支配する中、突然それはやって来た。

その日、三月十五日。

どこからともなく、大きな売り物が重なり津波のような姿になった。

誰かの売り仕掛けでもなく、まさに潮の満ち引きのような自然な大きな流れの中で売り注文が連なりあったのだ。

「な、何だ？　この売り物は……」

取引所にいた仲買人たちは、まず戸惑った。

そして、それは恐怖に変わった。

「おかしい！　相場が壊れた‼」

そこから一斉に投げが始まった。

売りの注文が殺到する。

「売った！　売ったァ‼　成り行き売りーッ‼」

「な、何だ？　何が起こった？　何で売ってるんだ？」

「知るかそんなこと！　何でもいいから売りだ！　全部売りだーッ！」

そこには混乱と恐怖しかなかった。

「恐慌相場だ……」

誰かがそう呟《つぶや》いた。

誰も経験したことのない大暴落だった。

売りが殺到していると聞いて狂介は寺田と共に取引所に走った。

立会場に入って目に飛び込んできた光景に二人は息を呑《の》んだ。

「これは……」

ひしめき合う場立の手が全て前を向いている。

それまで見たことのない総売りの状態だった。

「……遂に来ましたね」

寺田は勝利を確信した喜びを嚙《か》み殺しながら小声でそう言った。

狂介の相場観を信じているとはいえ、年初からの売り上がりの含み損を実際目にすると不安になっていた。

「まだ上げが続いたら……」

その恐ろしさは拭《ぬぐ》えずにいたのだ。

それが、今見ている光景で消えた。

寺田の顔は上気している。

狂介はいつもの涼しい表情だ。

丸鐘の場立の小僧が狂介を見詰めている。

何ともいえない笑顔だ。

狂介は直《す》ぐに手振りで少しずつ買えと伝えた。

(東株を小口に分けて少しずつ買え)

狂介は相場を止めず売り回転を続けさせるため敢《あ》えて買い注文を入れた。

それによってさらに下げが続くからだ。

小僧は頷くと直ぐ買いの手を振った。

「！」

すると、小僧に無数の売りの手が覆いかぶさり、あっという間に姿が見えなくなってしまった。

「何てことだ……」

寺田が思わず呟いた。

狂介は周りを見回してみた。

仲買人たちの顔は皆、蒼白《そうはく》だった。

「当然だな。さて、この暴落、どこまで行くか……」

それはまだ狂介でさえ見えていない。

そうしてその日、悪夢のような場が引けた。

直近高値となった三月三日の値段と比べ、あまりの暴落ぶりに皆は唖然《あぜん》となった。

	三日	十五日	下落率（%）
郵船	二一九	一九二	一二・三
鐘紡	五六九	四七〇	一七・四
日清紡	二五七	二〇三	二一・〇
塩水糖	一七〇	一二四	二七・一
内国通	一八〇	一三一	二七・二
米商取	二二七	一五七	三〇・八
東株	五四〇	三九九	二六・一

「ひどいものですね……」

寺田の言葉に狂介は頷いた。

「これで数日は立会がないかもしれませんね」

「そうなりますか？」

「恐らく」

狂介の読みは当たった。

その日の暴落で仲買人から東京株式取引所へ納入しなくてはならない追加証拠金（追《おい》証《しょう》）は六千五百四十万円という空前の額に上った。

兜町の動揺は大きく取引所は緊急理事会を招集、そこで仲買人組合の意向を聞き、翌日の十六日と翌々日の十七日の立会を休止した。

心配されたが、その間をもって追証は無事完納された。

そして、十八日の早朝になった。

「仲買人たちは意外なほど楽観的でした」

寺田は昨日、様々な兜町の仲買店を回って情報を集めていた。

「一日で一気にあれだけの売りが出たから、あく抜けしたと……。皆、強気を崩していませんでした」

寺田の言葉に狂介は頷いた。

「経済界も楽観的ですね。ここに三菱銀行の専務の談話が出ています」

そう言って中外商業新報の紙面を寺田に見せた。

そこには……世界大戦からの欧州の復興にはまだ相当な時間が掛り、少なくともあと一、二年は米国と日本が物資供給国としての立場を維持する。生産過剰はまだ見られていない。株式市場の反落は市場独自の行き過ぎの反動で押し目の程度であろう。少なくとも経済実勢は反動期には入ることはない……と出ている。

「なるほど、なかなか頼もしい内容ですね」

寺田は目を通すとそう言った。

株式市場は今日、再開する。

「今日は恐らく売り方の利食いの買い戻しも入ってしっかりでしょう。ただ、ここからです。暴落相場はまだ始まったばかりですよ」

狂介はゾッとするような笑みを浮かべた。

その日、再開した株式市場は買いが続く展開に終始し市場関係者はホッと息をついた。

その後の数日、一高一低で推移しながらも市場は落ち着きを取り戻したかに見えた。

しかし、二十五日にはまた全面安となり東株は大きく売られ三六六円にまで下がってしまう。

だが、翌二十七日には急反発を見せて三九七円まで上昇するなど……気迷い状態の乱高下に市場は揺さぶられた。

市場関係者の心配は先物三月物の受け渡しが無事にいくかどうかに絞られていた。

ただそこは地場の中小銀行が協同して受け渡しへの援助融資を行うと表明し、その通り実行されたため大きな問題なく完了した。

ここでようやく東京株式取引所の関係者たちは安堵《あんど》のいろを見せ、兜町の仲買人たちの顔にも喜色があふれるようになった。

「四月からの新年度相場でまた高値を追えるぜ！」

そういう強気の見方が戻っていた。

しかし、その四月が本当の地獄だったのだ。

初日から綿糸や米穀などの商品市況が暴落し一気に弱気に傾いてしまう。

四月の発会は三月の納会に比べ東株で三十二円安、鐘紡は二十三円安、他の主要な株も十二、三円安もの暴落となった。

そして、四月七日。

午前の取引が終わったところで突然、大阪の増田ビルブローカー銀行（証券関係専門銀行）破綻《はたん》の報が伝えられ、北浜の大暴落と相まって市場はパニック売りの状態となってしまう。

狂介と寺田はその日、立会場にいた。

「今度という今度は……駄目でしょうね」

寺田は呟いた。

狂介は小さく頷いた。

「いよいよ、です。本当の地獄は……」

二人は三月に暴落が始まってから、ずっと静かだった。

売りで相場を取っているなど他の仲買店には絶対に知られないよう慎重の上にも慎重を期している。

場立の小僧にも店が儲かっているなどと周りに絶対に言うなと厳しく指示してある。

丸鐘の売りは客の注文で、自己勘定ではずっと買っていると言うよう厳命を受けていた。

皆が相場の下げで苦しむ時に儲かったと喜ぶ態度は様々な反発を生む御法度だ。

「相場でやられる時は一緒にやられる。それが兜町で、相場の街で生きるためには必要なことだ……」

狂介はそう自分を戒めていた。

実際は売りで相場を取っているのだが、そのことは曖《おくび》にも出さない。

いや、実際に自分もやられていると思うようにしていた。

そうやって静かに穏やかに、狂介は人生最大の相場を取っていたのだ。

狂介は取引所を見回してみた。

そこは凄惨《せいさん》な状況だった。

場立たちの手はずっと総売りのまま……そして、ひとりでも買いの手を振ろうものなら雪崩《なだれ》のようになっていく。

怒号と悲鳴が至る所からあがり、呆《ほう》けたように口を開いたまま天井を見上げる者、頭を抱えしゃがみ込む者、訳の分からないことを喚《わめ》きながら歩き回る者も見える。

大手仲買店の店主たちは真っ青な顔色をして小刻みに震えている。

それは、この世の終わりを迎えたような光景だった。

「これが……相場だ」

蒼白《あおじろ》い頰《ほお》を少し紅潮させた狂介は呟いた。

東京株式取引所はそこで完全停止した。

◇

四月の第二次暴落で仲買人たちの資金は尽き万事休すとなった。

取引所はその機能を停止せざるをえない。

そして彼らは耳を疑った。

「嘘《うそ》だろ？　そこまで下がるのか……」

取引所があろうとなかろうと相場が立つのが相場の強さであり恐ろしさだ。

市場外取引の気配値で東株が二〇〇円を割っていると聞き、皆は震えた。

そして、仲買人たちは自らの生死を考えなくてはならない事態に陥っていた。

彼らは顧客の売買仲介と自己の売買の双方分の追証の銭を取引所に納めなくてはならな

い。

しかし、未曾有《みぞう》の暴落で顧客から追証を取れないだけでなく、自分たちも追証に必要な自己資金が尽きていた。

地場の中小銀行も第二次暴落での追加融資に応じられる体力がない。

そして、その状況によって危機を迎えたのが東京株式取引所そのものだった。

取引所は追証を入れられない仲買人たちを違約処分にすると同時に、完全賠償の規定に則《のっと》って自らが賠償に応じなければならないが、その銭がなかった。

必要とされる金額が資本金を遥《はる》かに超えていたのだ。

つまり、取引所は潰《つぶ》れることになる。

このままでは株式市場、そして日本経済も瓦解《がかい》してしまう。

狂介は四谷の井深邸に呼ばれた。

そこには父、井深雄之介と憔悴《しょうすい》しきった東京株式取引所の理事長、郷誠之助がいた。

「実王寺さんの言う通り、昨年のうちに資本金を倍増しておけば良かったのだが……」

郷は頭を振りながらそう言った。

狂介は黙っていた。

「あの相場の楽観的雰囲気の中では誰もが真剣に取り合わなかった」

そう言う郷に狂介は冷静に言った。

「全ては後の祭りです。善後策はお考えなのでしょう？　まずは建玉《たてぎょく》の整理です。進めてらっしゃるのでしょう？」

その言葉に郷は小さく頭を振った。

「営業細則第七十四条で許される最大の範囲で仲買人たちに解け合い（相対で売買の決済を行うこと）をやらせています。希望解け合い、懇請解け合い、自店解け合い、他店解け合い、肩代わりをやれる余裕のある店には全部やって貰《もら》いましたし、受け渡し乗り換えも出来る限りやっています。ただ、膨大な建玉全てを解け合おうにも、銭が、資金が全く足りないのです」

狂介は言った。

「結局は銭ということです。こうなったら銭を引っ張って来るしかない。そして、引っ張れるところはもう決まっている。ある意味、簡単ではないですか？」

その言葉に頷きながらも郷は難しい顔をした。

「確かに方法はひとつしかない。大手町に頼るしかない。だが、彼らはこの状況で忌み嫌う兜町への救済融資に応じるとは……とても思えん」

そう言って力なく首を振った。

大手町……日本興業銀行を筆頭にした大銀行のことだ。

「では、その大手町の後ろ盾を利用すれば良いのではないですか？」

狂介はきっぱりとした口調で言った。

「後ろ盾？」

「ええ、大蔵省と日本銀行です」

大蔵大臣は高橋是清《たかはしこれきよ》、日銀総裁は井上準之助《いのうえじゅんのすけ》、どちらも日本屈指の経済通だった。

「彼らを動かして大蔵省と日銀から援助融資を行うよう大銀行を指導して貰う。まずはそこです」

「それで大手町がうんと言うでしょうか？」

「持って行き方、次第ですね」

「と、言いますと？」

「公債の引き受けと同じ。シンジケートを銀行に組ませるのです。単独では責任を取りたくないのが銀行という組織の性格です。だからシンジケートを組ませての連帯で兜町への協調融資を行わせるのです」

郷の顔がパッと明るくなった。

「なるほど！　それなら可能性がある」

狂介は付け加えた。

「但《ただ》し、その場合、借りる側もシンジケートにして連帯責任を明確にしてやらないといけない。つまり、取引所が主体となって全仲買人からなる借入側シンジケート団を作らなくてはいけない。そうでないと、彼らは応じないでしょうね」

郷は暫《しば》く考えた。

「うん……それしか手はない。ありがとう、実王寺さん！　今から直ぐに動きます」

そう言って郷は去っていった。

ずっと黙ってそのやり取りを見ていた井深雄之介が言った。

「お前にしては……随分素直だったたな」

狂介は笑った。

「当たり前です。取引所に潰れられては私の儲けは全て水の泡ですから」

雄之介はそれには苦笑いするしかなかった。

「そうだったな。お前はこの暴落で相当な儲けを得ているのだった」

狂介は笑っているだけで何も言わない。

「それにしても、お前の言った話で上手《うま》く行きそうか？」

「行かないでしょう」

その狂介の言葉に雄之介は呆気《あっけ》にとられた。

「銀行側のシンジケートは日本興業銀行が纏《まと》め役とならないと出来ません。しかし、今の興銀の頭取は土方久徴《ひじかたひさあきら》さんです。あの兜町嫌いが応じる筈がない」

雄之介は驚いた。

「で、ではどうするんだ？」

狂介は内ポケットから紙片を取り出して雄之介の前に置いた。

「……‼」

雄之介は椅子《いす》から転げ落ちそうになった。

「こ、これは……」

それは三井銀行が振り出した額面五千万円の銀行小切手、つまり現金と同じだ。

「前回と同じですよ。親父殿」

それは三年前の暴落の時のことだ。

あの時、狂介の銀行預金五百万円を担保に興銀は兜町への融資に応じたのだった。

金額はその十倍、それだけ今回の暴落の規模の大きさが分かる。

「自分の尻は自分で拭《ふ》かなくては仕方がありません。これを担保にするからと、親父殿が秘密裡《ひみつり》に土方さんに会って伝えて頂きたいのです。それなら彼も応じる筈です」

雄之介は唸《うな》った。

「それで、今回もお前の名前は出さんのだな？　兜町を救った英雄なのに……」

狂介は頷いた。

「私は自分の儲けをちゃんと手に入れたいだけ。そして、これが出来るのも銀行界の重鎮である親父殿あってこそです。宜《よろ》しくお引き受け下さいますか？」

雄之介は頷いた。

「それにしても、ポンと懐から五千万円か。子供の頃、お前に投資の英才教育を施した結果が、これか……」

感慨深げに小切手を眺める雄之介を見て狂介が笑った。

「たかが銭ですよ」

「されど銭、でもある」

狂介は頷いてから言った。

「親父殿、薄茶を所望したいのですが？」

「うむ。用意しよう」

雄之介は自慢の茶室を四谷伝馬町《てんまちょう》の自邸住所の音《おん》をとって天馬軒《てんまけん》と称していた。

壁という壁に白紙を張り詰めてあることで白紙庵ともいう。

狂介はその茶室に入り、改めて父親の数寄者《すきしゃ》としての感性の凄さを感じた。

白い紙、といっても通り一遍のものではない。

桃山時代や室町の頃の紙、様々な珍しい紙、由緒ある紙を選《よ》りすぐり、紙の風合いや白の色合いの違いを見事に組み合わせて白によるモザイク空間を構成している。

床には藤村庸軒《ふじむらようけん》の白紙の賛が掛けられていて、どこまでもが白だった。

狂介は何ものかに幻惑されたような不思議な感覚になっていた。

「全てがなくて、全てがある」

そんな禅問答のような言葉が口を突いて出た。

そして、雄之介の点前《てまえ》はいつ見ても美しい。

ごつい指が魔法のように茶筅《ちゃせん》を動かす。

高麗茶碗《こうらいちゃわん》での薄茶を狂介が飲み干すと、雄之介はお代わりを勧めた。

換茶碗《かえちゃわん》は古信楽《こしがらき》だった。

「やはり……茶は良いものですね」

二杯目を飲み狂介は言った。

「うむ」

雄之介は何も言わずただ狂介の横顔を見詰めていた。

この茶が……二人にとって最後の茶になるとは夢にも思っていなかった。

◇

天一坊は風呂に入っていた。

蠣殻町《かきがらちょう》にある二階家の天一坊の店、松谷合資会社の一階奥には浴室が設けられている。浴槽は檜《ひのき》よりも高価な高野槇《こうやまき》で作らせていて芳香を放つ。

風呂好きの天一坊は何かにつけて風呂に入った。

ぬるい湯に浸《つ》かり相場を考えるのが天一坊にとって何より楽しい時間なのだが、暴落以降は決して楽しくはない。

「けったくそ悪いで、ほんまにぃ……」

気分を変えようと風呂に入ったが簡単には切り替わらない。

「おい！　背中流しに来んかい！」

天一坊は湯船の中から声を掛けた。

「は～い」

事務員の名目で置いている若い妾《めかけ》が返事をした。

直ぐに腕捲《うでまく》りにたすき掛けをし、裾《すそ》をからげた妾が入って来た。

天一坊は湯船から出ると仁王立ちになった。

妾は天一坊の巨体をシャボンをたっぷりつけた手拭いで拭っていく。

天一坊は身体を泡だらけにしながら考えていた。

「この大瓦落《おおがら》で算段が全部狂てしもた……」

東京株式取引所が停止している中では天一坊の東京証券交換所も営業できない。

毎日、交換所の維持のための費用だけが出ていき経営を続けるのは難しくなっていた。

「そやけど、ここは我慢や。なにせ取引所が倒産するかもしれん大暴落なんやから」

そこでふと、天一坊は思った。

「待てよ……取引所が潰れよったら、うちがホンマもんの取引所になれるんや‼　そや！　こら面白いで！」

そう思ったところで天一坊の身体を洗っていた妾が声を上げた。

「あらっ！　旦那《だんな》さん、元気になってる！」

そう言って天一坊のものを優しく撫《な》でだした。

「そ、そうや……そうなってくれへんかなぁ。取引所が潰れる……あぁ、そうなったら……。幾ら銭が入って来るんやろ？　あぁ、ええ気持ちやぁ……」

「いい？　旦那さん？　いいの？」

下から妾が訊《たず》ねる。

「ワ、ワテの交換所が……ワ、ワテの……」

天一坊は果てながらも銭のことだけを考えていた。

帝国ホテル四〇四号室を天一坊が訪れたのは翌日の夜だった。

「この暴落で計算が狂ったのは事実だが、君の方は今のまま交換所を維持してくれ。それがこの状況で最善のことだ」

　影の男はそう言った。

「そやけど、銭はかかるんやで。センセ連中の給料や建物の維持費……取引がなかったら毎日毎日えらい銭が出ていくんやからな」

　天一坊はそう恩着せがましく言った。

「そこは商売だろう。何にでも先行投資は必要だ。大丈夫、必ず大きな儲けになる」

　そう影の男が言ったところで天一坊が訊ねた。

「なぁ、取引所が潰れるちゅうことはあるんかいな？」

「まぁ、それはない。あっては困る」

「何でや？　取引所を潰して交換所が唯一の取引所になってもええやないか？　どや、それを考えてくれへんか？」

　影の男は笑った。

「君はやるべきことをやればいい。銭はたんまり儲けさせてやる。それ以上は考えるな」

　天一坊は言いたいことはあったが、そこで引き下がった。

　そうして帝国ホテルを後にした。

「よし！　天一坊が出て行った。例の場所から男が出て来る筈だ。それをつけるんだ」

エントランスホールにいたのんべの勝はそう乾児《こぶん》に命じた。

闇《やみ》の組織への包囲網、四〇四号室の男の追跡はずっと続けられていたのだ。

案の定、男は厨房《ちゅうぼう》から外に出る扉の上にある秘密の出口を開けて下に降りると、何食わぬ顔で日比谷公園の方へ歩き出した。

それを物陰から見ていた勝の二人の乾児が追跡を始めた。

男は日比谷公園の中に入り、公園内を抜けて霞ヶ関方面に出た。

そして、追っていた勝の乾児二人も公園から出ようとした時だった。

「！」

突然の衝撃と共に二人とも意識を失って倒れた。

その場からは数人の男が闇にまぎれて立ち去った。


「面目ねえ……」

そう言って項垂《うなだ》れる勝を狂介は慰めた。

日暮里元金杉の屋敷の座敷だ。

「お二人とも命に別状がなくて良かったじゃないですか。やはり、闇の組織は恐ろしい」

勝はもう一度狂介に頭を下げながら言った。

「人の気配に誰より敏感なあっしら掏摸《すり》に気づかれず後ろからガツンとやるなんて……と

んでもねえ手練《てだ》れですぜ」

その勝に狂介は言った。

「勝さん。今までありがとうございました。これで闇の組織を追うことは止《よ》しましょう。でないと、次は死人がでてしまう」

勝はその言葉に素直に頷いた。

「申し訳ねえ……だが、相手が悪すぎる」

「その通りです。触らぬ神に祟《たた》りなし。ここは一旦《いったん》、引きさがりましょう」

勝はもう一度、申し訳ないと言ったきり頭を下げ続けた。

そこへ、今野聡子が突然入って来た。

「あの人が！　あの人がいません!!」

「えっ⁉　真壁さんが？」

勝の乾児がやられたと聞いてから真壁は落ち着かなくなり、気がつくと姿が消えていたと言う。

「まずい！　あの人はまだ完全には記憶を回復していない。それに組織に見つかったら、確実に殺される!!」

「直ぐに探させます！」

勝は乾児を総動員した。

京都、東山の結城邸。

結城次郎は茶室で茶を点《た》てていた。

米国から戻り大学での雑事に追われていたが、ようやくそれからも解放され一息ついていた。

米国でバーナード・ホルムズと会ったことは大きな収穫だったと考えていた。

「ここからの歴史は太平洋と大西洋が決める。太平洋での日本と米国の衝突、作用と反作用……日本を梃子《てこ》にして米国が途轍《とてつ》もない力を発揮して太平洋を火の海にする。あの男もそれを納得した」

結城が書いた『日本壊滅計画』、ホルムズは全てこの通り実行すると言ったのだ。

「民主主義国は簡単だ。選挙など銭でどうにでもなる。その本質を理解してあの国の支配を続けるホルムズを握ったことは大きい」

結城は自分で点てた茶に口をつけた。

「?」

躙《にじ》り口が突然開く気配を感じた。

結城はそちらには顔を向けずに落ち着いて言った。

「どうした？　今までどこにおった？」

返事がない。

結城は茶を飲み干し、茶碗を置いた。

そして両の手の拳《こぶし》を床に突き、ゆっくりと躙り口の方に身体を向けてから顔を上げた。

その結城の目の前に三十八口径の銃口が迫っていた。

「俺を……俺を返せ。結城次郎！」

◇

吉原の四季の移り変わりは仲之町通りの青竹の柵《さく》で囲まれた植え込みを見れば分かる。

桜の季節には大門から水道尻まで……江戸町一丁目、江戸町一丁目から角町、そして角町から京町へ……三か所に区切られて桜並木が出来あがる。

桜は元々あるのではなく季節が来ると植木職人によって柵の中に植えられるのだ。

柵には引手茶屋の屋号のぼんぼりがかけられ、日が暮れると一斉に灯が点《とも》る。

若乃屋、竹治、栄屋、山口巴、松葉屋、一文字屋……。

その灯《あか》りに照らし出される美しさは昼間見る桜の比ではない。

吉原という人工の夢舞台がその夜の桜の美しさに表されていた。

そこをそぞろ歩く者たちは引手茶屋の二階から流れて来る三味線の音や客の笑い声と共に夢見心地となる。

ちょうどその桜が季節を過ぎて別の場所に移し替えられたその日の夕刻、狂介は九鬼周造と仲之町通りを歩いていた。

九鬼が吉原で散歩だけを楽しみたいと言ってのことだ。

「おや？　花暖簾《はなのれん》も仕舞われたのかい？」

九鬼がそう訊ねた。

花暖簾とは桜の季節に毎年、大見世から引手茶屋に送られる暖簾のことだ。

角海老楼、稲本楼、大文字楼、そして不二楼から送られた木綿地に桜の花の置き染めをした春そのもののような暖簾だった。

「あぁ、次は夏の七草の掛けあんどんへと季節は移るね」

九鬼はその言葉を聞いて、「いいもんだな」と呟いた。

「何がだい？」

狂介が訊ねた。

「日本という国が、さ。本当にいいもんだよ。この国の季節の移り変わりと、それを楽しむ工夫のありかたには感心する」

狂介は頷いた。

「それはそうだな。欧米は全く違う。向こうでは季節は宗教行事で区切られている。季節そのものを愛《め》でるというのは……日本人ならではだな。そして、季節に工夫を凝らすことで楽しみを倍加している」

そうして、二人は一文字屋に入った。

二階の座敷に酒と肴《さかな》が用意され二人きりで差し向かいに座った。

「本当に今夜はこれだけで帰るのかい？」

狂介が九鬼に訊ねた。

「あぁ、これでも妻帯の身だからね。午前様にならないように帰るよ」

そう言って笑い、続いて訊ねた。

「それにしても、株式市場は大変なようだが、君は大丈夫なのかい？」

そう言って九鬼は狂介に銚子《ちょうし》を傾けた。

「あぁ、俺は何とか大丈夫だが……市場や経済はここから厳しいな。特に経済はかなり厄介なことになるだろう」

狂介は盃《さかずき》を飲み干してそう言うと銚子を手に取って九鬼に向けた。

九鬼はその酒を受けながら言った。

「君がそう言うんだから間違いないだろう。かなり深刻なんだな？」

狂介は難しい顔をして頷いた。

「先が見えない。世界大戦が終わって、俺に見えるのは次の世界大戦なんだ。決して良い世の中が見えてこない」

その言葉に九鬼も厳しい顔つきになった。

狂介は懸念されるものがあまりにも多いと思っていた。

日本経済の行方、結城次郎の闇の組織やバーナード・ホルムズ、そして、ここからの世界全体の未来……。

闇の組織やホルムズの前から一時撤退せざるを得なかった、自分の力の足りなさへの歯《は》痒《がゆ》さもある。

「見えないんだ……俺には良い世界が」

そう言う狂介に九鬼は言った。

「君は見えすぎるんだ。それでは辛《つら》いだろう？」

狂介は何も言わない。

「君は例の〝人を操る術〟も解いたと言う。そしてそれがあまりに危険なものだから決して誰にも告げず墓まで持って行くとも言った……。その態度は正しい。僕も聞こうと思わない。が、それでは辛いだろう？　あまりに見えすぎる、分かり過ぎる人間の辛さだ」

狂介は言った。

「いや、俺は何も分かっていない。俺は不完全だ。俺は弱い」

結城やホルムズのこと、そして、まだ見つからない真壁のことが頭をよぎっていた。

九鬼は笑顔になって言った。

「狂さん。僕にも手伝わせてくれないか？　君がこれからやろうとすることを……恐らくそれは相場だけではないだろう？　君は何か大きなものと戦おうとしている。そうだろう？」

狂介は無言になった。

長い時間が過ぎたように思われた時、真剣な顔つきで口を開いた。

「周さん」

「ん？」

「君には世界を見て来て欲しい。いや、俺が見られなかった世界を見て来て欲しいんだ」

「どういう意味だい？」

「哲学だ。恐らく究極の哲学が、人間世界、いやそれを超えたところに存在している。それを君に摑《つか》んで欲しい。恐らくそれは欧州にある。世界大戦という究極によって人も物も大地もズタズタになった欧州に……」

「それを摑めば君の役に立てるのかい？」

狂介は頷いた。

「あぁ、人間とは何か？　そして、人間を動かす真の存在とは何かを知ること。それが必要なんだ。それが無いと……勝てない」

九鬼は頷いた。

「分かった。約束する」

その夜、吉原には遅い春の風が強く吹きつけていた。

翌日。

狂介は寺田商店の調査室に一日籠《こも》り、取引所の再開に向けた動きを確認していた。

郷理事長は狂介の助言に従って、大蔵省、日銀を説得に回り、仲買人たちを纏めて資金借入に向けたシンジケート作りも進めていた。

「これでいい。あとは興銀の説得だが、こちらは親父殿に任せておけばお膳立《ぜんだ》ては整う。そして、次は……」

狂介が考えていたのは、取引所の資本金増強だった。

「取引所をまず強くしておかないといけない。それには銭がいる。あれを解決するためにも……」

天一坊のことだ。

「ある意味、この暴落は『交換所』問題を始末するには好機だ。早くこれも進めさせないと……」

そう思った時に調査室のドアが開いた。

「？」

狂介は寺田が入って来たのかと思った。

「⁉」

狂介は驚いた。

「も、守秋……いや、真壁さん‼」

そこに立っていたのは背広姿の真壁慎吾だったのだ。

「よかったぁ‼　無事だったんですね！」

真壁は頷いた。

「ご心配をおかけしました……この通り、なんとか」

そう言って笑顔を見せた。

「勝さん達もずっと探していたんですよ。今野さんも随分心配されています。今までどこに？」

「本当に申し訳ない。それは、今からお話しします。その前に、水を一杯頂戴《ちょうだい》できませんか？　喉が渇いてしまって……」

「ちょっと待って下さい」

そう言って狂介は調査室の隅に置いてある水差しを取ろうと真壁に背を向けた。

それを見定めて真壁が背広の内側に手を入れた。

狂介は背中越しに真壁が何か呟いたように思った。

「叔父上……ご命令通りに致します」

そう呟いていたのだ。

真壁の手には三十八口径の拳銃《けんじゅう》が握られていた。

ちょうどそこへ、寺田が入って来た。

「狂介さま、郷理事長からお電話が……」

寺田には目に入って来た光景が信じられない。

「危ないッ‼」

寺田がそう叫んだ直後、銃爪《ひきがね》は引かれ銃声が響いた。

「狂介さまーっ‼」

寺田は叫び声を上げた。

次の瞬間、真壁は自分の頭を拳銃で撃ち抜き倒れた。

「アア……アーッ‼」

寺田の声にならない声だけが、いつまでもこだましていた。

予告

銭の戦争　第九巻

「狂介が……狂介が？」

恐ろしい事実に皆が震える。

一九二〇年代。

米国社会は黄金期を迎えた。

その中で着々と進むバーナード・ホルムズの世界支配戦略。

「簡単なことだ……さぁ、次の大統領も決まった。新たな世界大戦の準備を始めさせなければ……」

己と日本の運命に苦悩する赤根早人。

「どうする？　どうやって奴らを止める？」

日本が暴走し世界をかき乱す。

ドイツではアドルフ・ヒトラーが歴史に台頭する。

「総統は燃え上がる炎だ！」

史上最高頭脳の哲学者が歓喜に震える。

「あのヒトラーを？」

「ええ、私にかかれば独裁者も赤子同然ですわ」

謎《なぞ》の美女がパリを舞台に歴史を動かす。

「やはり、あれしかない！　そして、あの男しかいない！　あの男だけが頼りなのだ」

世界の歴史が大きく動く中、男は、女は、一体どう動く。

時空を超える驚愕の展開に誰もが目を見張る!!

本書はハルキ文庫の書き下ろし小説です。

Haruki Bunko
ハルキ文庫

は11-9

銭《ぜに》の戦《せん》争《そう》 第八巻《だいはちかん》 欧州《ヨーロッパ》の金鉱《きんこう》

著者 波多野《はたの》 聖《しょう》

2015年5月18日第一刷発行

発行者 角川春樹

発行所 株式会社角川春樹事務所
〒102-0074 東京都千代田区九段南2-1-30 イタリア文化会館

電話 03(3263)5247(編集)
03(3263)5881(営業)

印刷・製本 中央精版印刷株式会社

フォーマット・デザイン 芦澤泰偉
表紙イラストレーション 門坂 流

ISBN978-4-7584-3898-8 C0193 ©2015 Shō Hatano Printed in Japan
http://www.kadokawaharuki.co.jp/ [営業]
fanmail@kadokawaharuki.co.jp [編集] ご意見・ご感想をお寄せください。